# 왜
# 아가리로만
# 할까?

## 왜 아가리로만 할까?

오늘도, 해야지 해야지 하며 하루를 보낸 당신에게

ⓒ 박정한·이상목·이수창 2021

| | | | |
|---|---|---|---|
| 초판  1쇄 | 2021년  6월 17일 | | |
| 초판 13쇄 | 2023년  7월  2일 | | |

지은이　　　박정한·이상목·이수창

| | | | |
|---|---|---|---|
| 출판책임 | 박성규 | 펴낸이 | 이정원 |
| 편집주간 | 선우미정 | 펴낸곳 | 도서출판 들녘 |
| 기획이사 | 이지윤 | 등록일자 | 1987년 12월 12일 |
| 편집진행 | 김혜민 | 등록번호 | 10-156 |
| 편집 | 이동하·이수연 | | |
| 디자인 | 하민우·고유단 | 주소 | 경기도 파주시 회동길 198 |
| 마케팅 | 전병우 | 전화 | 031-955-7374 (대표) |
| 경영지원 | 김은주·나수정 | | 031-955-7381 (편집) |
| 제작관리 | 구법모 | 팩스 | 031-955-7393 |
| 물류관리 | 엄철용 | 이메일 | dulnyouk@dulnyouk.co.kr |

ISBN　　　979-11-5925-648-6 (03810)

# 왜
# 아가리로만
# 할까?

오늘도,
해야지 해야지
하며
하루를 보낸
당신에게

박정한 · 이상목 · 이수창 지음

들녘

## 목 차

들어가며_ **책은 당신의 인생을** ・7
**책임져주지 않는다**


## Level.1　아가리 대백과　・15

프로 정신 승리자
왜 이리 미루는 것이냐?
그 많던 욜로족들은 어디로 갔을까?
한방蟲들아, 그게 될 것 같니?
사장님, 사업이요?
동아줄 기다리다 목 디스크 걸린다
글로벌 인재가 한국으로 돌아온 이유
이건 얘 탓, 저건 쟤 탓


## Level.2　아가리 양성소　・59

온실 속 도마뱀
도마뱀도 저마다 무늬가 있다
점심 메뉴도 못 정하면서 니 인생은 어떻게 결정할래?
돈도 못 버는 게 어디서 까불어
위대한 도전은 없고 위대한 성공만 있는 사회
화려한 피드가 나를 감싸네
그래도 너는 달라질 수 있다

## Level.3   아가리여 고개를 들어라 · 101

우리의 시간은 아직 오지 않았다
고개를 들어 거울 속 나를 바라보자
해보고 후회하는 게 낫다
힘들 땐 잠시 쉬어가도 된다, 낭만으로 포장하지만 않으면

## Level.4   아가리 탈출 대작전 · 125

### 아가리로 남아 있는 이유

가짜 부듯함의 함정 | 내 노력에는 즉각적인 보상이 주어지지 않는다 |
상상력 때문에 | 실천해본 경험이 없는데요? | 그리고 또 수많은 뻔한
이유들

### 아가리 탈출 준비

자기 연민은 이제 그만 | 시작하기에 늦은 나이는 없다 | 실패라 쓰고
성장이라 읽는다 | 무기력을 벗어나게 할 시동 버튼 | 누구에게나 그럴
싸한 계획은 있다

### 아가리 탈출 시도

뇌를 속여라 | 루틴이라는 종소리 | 일일 목표의 양을 30%로 줄이기 |
습관과 바이오리듬을 이용하라 | 페이스메이커를 만들어라 | 정신력은
체력 의존적이다 | 덕질을 해라! | 몰입을 위한 칭찬 노트 | 또 다른 투
쟁을 위한 도피 | 합리적으로 돕고 살자

## Level.5   대작전 그 후 · 199

탈출 실패, 아가리 끝판왕은 나였다
스펙 대신 스펙트럼
백수가 두렵지 않은 이유
이거 딱 걔 얘긴데?

### 나가며_ 이제부터 시작될 당신의 이야기 · 225

## 책은 당신의 인생을 책임져주지 않는다

스무 살. 인생에서 정말 아름다운 시기다. 아니, 더 정확히는 모든 게 아름답게 보이는 때다. 입시의 족쇄에서 풀려나 드디어 내 세상이 왔다! 이제 나는 더 이상 방구석 응석받이가 아니다. 스스로의 선택에 책임져야 하는 성인이 되었다. 가슴속에는 무엇이든 할 수 있을 것만 같은 자신감이 끓어오르고 때 묻지 않은 순수함도 남아 있다. 이제 친구들과 술도 마셔보고 여행도 마음껏 다니면서 눈부신 인생을 만들어가리라.

그러나 마냥 즐거울 것만 같았던 이십 대는 영원한 노스탤지어의 손수건으로 남았다. 돌이켜보니 어떻게 지나갔는지 모르겠다. 캠퍼스에서는 나 자신을 위해서가 아닌 스펙을 위해 살았다. 우여곡절 끝에 취업을 하면 다행인데, 사노비가 되든 관노비가 되든 이 '노비'가 되는 과정도 쉽지 않다. 취업을 했다고 끝인가? 귀엽기만 한 월급이라도 꾸준히 받으려면 더러워도 참아야 하는 일들은 한둘이 아니다. 여기저기 치이다 정신을 차려보니 내 멘탈은 어느새 쿠크다스처럼 얇아져버렸다. '바스락'

유난히 몸과 마음이 지친 어느 날이었다. 사람이 너무 힘들면 안 하던 짓을 한다고, 왜인지 모르게 발걸음이 서점으로 향했다. 디퓨저와 책에서 나는 좋은 향기가 섞여 은은하게 코로 스며들어왔다. 기분이 풀리려던 찰나, 어느 명문대 교수가 쓴 청춘의 아픔을 미화한 책이 눈에 띄었다.

이 책을 읽으며 내 아픔도 청춘이라는 단어로 달래볼까?

베스트셀러라는 말에 솔깃해져 책을 집으려다 문득 의문이 들었다. 명문대를 졸업하고 엘리트 코스를 착착 밟은 이런 분이 정말 청춘의 아픔을 알까?

집었던 책을 도로 제자리에 두었다.

좀 더 평범한 사람들의 이야기를 읽고 싶었다. 그러다 마음을 치유해준다는 책을 마주했다. 이 '힐링' 도서는 노력해도 바뀌지 않는 내 인생을 관찰하기라도 한 듯 가슴에 묻어둔 이야기가 그대로 적혀 있었다. 반가운 마음으로 읽어내려간 책에서 저자는 힘들면 쉬어가도 괜찮다고 달콤하게 속삭여주었다. 드디어 나의 상처받은 마음을 알아주는 소울메이트를 만난 것만 같았다. 그렇게 한동안 나는 힐링북에 취해 살았다.

힐링북의 달콤함이 진하면 진할수록 더욱 고통스럽고 긴 숙취가 찾아왔다. 그렇게 한참 숙취에 시달린 끝에 깨닫게 되었다. 힐링북을 보면서 현실을 마주하길 거부하고 있었던 나 자신을. 따뜻한 말만 속삭인 그 책은 내 인생을 책임져줄 수 없다.

이 책 역시 누군가의 인생을 책임져주지는 않는다. 하지만 일상의 무게가 버거운 이들이 한 번쯤 읽어볼 만한 책이라고 자신한다. 우리가 도대체 누구길래 이렇게 자신만만하냐고?

우리는 같은 아파트 단지에서 나고 자라면서 같은 초등학교, 중학교를 다녔다. 이렇게 자라온 환경은 비슷하지만 대학 입시 이후 약 십 년이 지난 지금, 우리의 모습은 조금 다르다. 서울대에서 학사, 석사, 박사 코스를 이십 대에 모두 마치고 연구원이 된 목이. 공기업에 입사해 안정적으로 일하고 있는 한이. 비정규직으로 일하다 계약이 끝나서 새로운 직장을 알아보고 있는 백수 창이. 얼핏 보면 우리는 서로 동떨어진 삶을 살아가는 것처럼 보인다.

하지만 청춘의 길을 걸어가는 우리 셋의 고민은 비슷했다. 목이는 엘리트 코스를 착실하게 걸어왔기에 걱정 따위는 하지 않을 것 같지만, 향후 커리어와 당장의 연구 실적에 대한 압박으로 매일 아침 이불에서 나오는 게 버겁다. 한이는 쳇바퀴 같은 삶에서 매너리즘에 빠져 더는 새로운 꿈을 꾸지 않게 될까 두렵다. 창이의 고민은 가장 뼈아프다. 당장 다음 달 월세와 생활비가 문제인 백수니 말이다.

순탄한 인생은 없는 걸까?

엘리트 연구원, 공기업 사원, 백수. 달라도 정말 다르다. 누가 보더라도 달라 보이는 인생이다. 각자가 안고 있는 고민의 종류와 크기에도 큰 차이가 있을까? 그렇지 않다. 결국 다들 아가리만 터는 게 문제다. 이루고 싶은 목표가 있어도 '해야지, 할 거야!'라고만 할 뿐, 스스로 실천하지 못하는 자신을 한심하게 바라보며 행복을 느끼지 못한다.

저자로서 한 명, 한 명이 주는 큰 임팩트는 없다. 하지만 저자 3인방은 대한민국 2030의 다양한 모습을 조금씩 가지고 있다. 우리는 스스로에 대한 관찰을 시작으로 주변 또래, 나아가 청년들의 고민을 다양한 시각에서 다루기 위해 노력했다. 술자리에서 늘어놓은 푸념부터 우리가 왜 이런 고민을 하고 있는지, 어떠한 방법으로 발버둥치고 있는지 조금 더 구체적으로 정리해봤다.

이 책의 제목에 '아가리'라는 단어가 들어가는 만큼, 먼저 '아가리'의 개념부터 새롭게 정의하려고 한다.

앞으로 '아가리'는 입으로만 한다고 말해놓고 실천하지 못하는 사람들을 지칭하겠다. 혹시 여러분도 그런 사람인가? 그렇다면 우리 모두 아가리다. 우리는 당신의 마음에 위로나 더해주자고 이 책을 쓴 것이 아니다. 다 함께 아가리에서 벗어날 방법은 없을까? 조금 더 실질적인 도움을 주고자 고민했다.

우선 〈아가리 대백과〉에서는 우리 주변 아가리들의 현실을 보여주려 한다. 의지를 행동으로 실천하지 못하는 것은 비단 우리뿐만 아니라 만인의 숙제이자 고민이다. 뒤늦게 이 책에서 본인의 이야기를 발견한 지인들에게는 소소한 미안함을 전한다.

〈아가리 양성소〉에서는 '어떤 사회적 환경이 우리를 아가리만 움직이고 실천하지 못하는 사람으로 만들었는지'에 대해 나름대로 원인을 분석해봤다. 그리고 세 번째 〈아가리여 고개를 들어라〉에서는 힘든 세상을 헤쳐가며 결국 아가리가 될 수밖에 없었던 동료들에게 용기를 불어넣어줄 것이다.

〈아가리 탈출 대작전〉에서는 여러분과 함께 아가리

에서 벗어나기 위해 우리가 사용한 방법들을 공유한다. 같은 아가리로서 동병상련의 아픔을 겪은 저자들이 사용해보고 효과를 본 방법들 위주로 엮었다.

여러분이 하고 있는 고민은 당신만의 것이 아니다. 이 책을 통해 여러분과 비슷한 고민을 하고 있는 사람이 세상에 적어도 세 명은 있다는 말을 해주고 싶다. 우리가 어떻게 그 고민을 받아들이고 해결해보려 했는지 살피면서 독자 여러분도 공감하며 아가리에서 탈출하기 위한 힘을 얻고, 새로운 자극을 받으리라 기대한다. 더 나아가 이 책이 여러분만의 해결책을 찾는 데에 일말의 실마리가 되기를 바란다.

여러분의 아가리 탈출을 기원하며,
저자 일동

세상에는 다양한

Level 1.          **아가리 대백과**

아 가 리 가    서 식 한 다

## ·· 프로 정신 승리자

아드리아누는 4년째 꾸준히 고시를 준비하고 있다. 사 년 동안 고시에 도전하는 내 친구의 끈기와 의지에 박수쳐줄 만하지 않은가? 경쟁이 치열한 9급 공무원 고시에 도전하는 친구가 멋지다고 생각했다.

처음 공부를 시작한다고 했을 때, 아드리아누는 열정으로 가득했다. 하루에 잠자는 8시간을 빼고는 공부를 할 거란다. 아니, 그래도 밥 먹고 잠깐 쉬고 씻고 쾌변도 해야 하니까 넉넉잡아서 14시간을 고시 공부에 쏟을 거라 했다.

아드리아누는 굳은 의지로 부모님과 친구들에게 각

오를 다지며 서울의 고시촌에 입성했다. 합격해서 녹을 받으면 거하게 쏜다며 당분간 못 보더라도 이해 좀 해달라는 말을 남기고서.

다음 해 아드리아누는 고향으로 돌아왔다. 오랜만에 본 아드리아누에게서 들은 이야기는 꽤 놀라웠다.

"야, 고시촌은 진짜 개판이다. 독서실에 자리만 맡아놓고 다 피시방 가고 술 마시고 놀더라? 거기는 놀기 좋으면 좋았지 주변이 공부할 환경은 아니야. 그래도 일타 강사들 강의는 완전 좋더라. 컵밥을 못 먹는 게 아쉽긴 한데, 이제 인강으로 집에서 공부하려고."

이럴 수가. 그러면 노량진에서 열심히 공부해서 합격하는 수험생들은 그 많은 유혹을 다 이겨내는 거구나. 공무원들이 괜히 청렴의 대명사가 아니었어.

고향에 내려온 뒤 아드리아누는 나와 만날 때에도 틈만 나면 동영상 강의를 열심히 들었다. 동영상 강의'만' 열심히 들었다. 처음엔 필기를 전혀 하지 않는 게 의아하긴 했지만 그래도 작년에 마련한 태블릿에 노트 앱이 있기에 그러려니 했다. 요새 워낙 노트 앱들이 좋기도 하니 말이다. 역시 신인류 포노 사피엔스답게 이제 공부도 '스마트'하게 휴대폰과 태블릿을 적극 활용하는구나.

그런데 어느 순간, 아드리아누의 핸드폰에는 인강 강사가 아닌 내가 아는 사람들이 보이기 시작했다. 유명한 BJ도 보이고 배우들도 보였다. 아드리아누는 작년에 알게 된 BJ인데 요새 핫하다면서 BJ의 말 한마디 행동 하나하나 리액션에 낄낄대며 즐거워했다. 별풍도 간간이 쏘아가면서 말이다. 그러더니 언제부턴가 넷플릭스로 넘어갔다. 어제 뭘 보다가 잠들었다나 뭐라나. 이 새끼가 노량진에서 어떻게 지냈을지 눈에 훤했다.

아드리아누의 불합격 소식이 연례행사처럼 들려왔다. 당연한 것 아닌가? 공무원 시험을 3년 넘게 준비했다는 놈이 사실 1년은 노량진에서 유흥에 빠져 살고 1년은 유튜브에, 1년은 넷플릭스에 빠져 살았던 것이다.

나의 모습이 겹쳐 보였기 때문이었을까? 시간 낭비 그만하라며 나도 모르게 아드리아누에게 화를 내고 말왔다. 아드리아누는 자기도 나를 만날 때만 이러는 거지 집에서는 강의도 열심히 본다며 같이 목소리를 높였다.

그랬겠지, 열심히 봤겠지, 보기만 했으니 문제지.


이 이야기에 공감하는 독자들이 있다면 한번 생각해보라. 잠깐 틀었던 강의로 당신의 노력을 과대포장하지 말아야 한다. 실제 공부한 시간은 많이 쳐봐야 감자칩 봉지 속 과자 수준일 것이다. 의미 없이 틀어놓고 '강의 시청 달성률'만 100%로 올린 그 과대포장된 기억은 매년 뜰을 때마다 허무함만을 남길 뿐이다.

이루고 싶은 목표야 물론 있을 것이다. 정말 그 목표를 이루고 싶은가? 그러면 문자 그대로 정말 열심히 '노오오오력'해야 한다. 그래도 될까 말까다.

그러니까 그동안 헛짓거리로 낭비하던 시간들을 지금부터라도 목표 달성을 위한 기나긴 여정에 사용할 수 있게 노력해야 한다.

온전히 노력할 자신이 없는가? 또 결국은 인터넷 강의 창 옆에 자그마하게 틀어둔 최애 아이돌의 안무 교차편집 영상을 포기하지 못하고 눈과 마음이 돌아가 있을 것 같은가? 그렇다면 과감하게 때려치워라.

정신 승리만큼 해로운 '적敵'은 없다. 자기 합리화가 무슨 득이 될까? 우리가 가진 시간은 한정되어 있다. 찬란하게 꽃 피워야 할 이십, 삼십 대를 정신 승리라는 해충이 야금야금 갉아먹도록 내버려둘 것인가?

조금이라도 빨리 그 해충을 털어내버려야 한다. 인정해야 한다. 내가 이것보다 더 원하는 일이 있을 거라는 것을.

우리집 고영희나 댕댕이와 노는 것보다 더 하고 싶은 일을 찾아야 한다. 인생을 쏟아부어도 아깝지 않을 만큼 원하는 것이 무엇인지 찾기 위해 공을 들여야 한다.

나의 노력과 열정을 쏟을 보물을 찾는 데만도 시간이 얼마나 걸릴지 모르니, 결국 똑같은 시간 낭비 아니냐고?

내가 봤을 땐 정신 승리하면서 허비하는 시간이 수백 배는 더 아깝다.

## ⠄⠄왜 이리 미루는 것이냐?

대한민국 사람은 대부분 미래지향적이다. 모든 대화에 Be going to가 들어간다.

"아 나 이제 담배 끊을 거야! 이 갑만 다 피우고. 마지막이니깐 더 맛있게 피워야겠어."

이 친구 여전히 애국자다. 매일 삼천 원 넘는 세금을 국가에 열심히 납부하고 있다.

이런, 모범 납세자.

여자친구가 또 다이어트를 선언했다.

등골이 오싹하다.

"나 이제부터 살 뺄 거야"

"네가 뺄 살이 어디 있다고 그래? 지금이 제일 예뻐!"

"아니야, 나 얼굴이 터지려고 하잖아."

"그러면 우리 매일 조깅이라도 해볼까?"

"아, 몰라. 스트레스 받아. 내일부터는 진짜 다이어트 할 거니깐 그렇게 알아. 최후의 만찬이다. 치킨 고고!"

그녀를 만나고 나서 들었던 48번째 다이어트 다짐이었고 우리에게 조깅 시간은 없었다.


시험 기간만 되면 모든 게 재밌다. 평소에는 왜 이런 소소한 일상들의 재미를 느끼지 못했을까?

'30분부터 책상에 앉아야지.' 다짐한다.

'33분? 아 3분 지났네.' 이럴 때면 나의 선택적 강박증이 도진다.

'그래. 애초에 30분은 좀 애매했어. 오케이, 정각부터 공부해야지. 미련 없게 웹툰 남은 거 빨리 봐야지.'

그렇게 웹툰 3개를 정주행하고야 말았다. 목표한 공부량은 못 채웠지만 웹툰을 정주행하면서 행복했다. 이제 내일부턴 공부에 집중할 수 있을 것이다. 그래, 오늘은 그냥 쉬는 날로 하지 뭐. 나만 이런가, 잠깐 불안했지만 인스타를 보니 다른 사람들 역시 시험 기간에는 모든 게 재밌어지는 것 같아 안심이 된다.


미루는 것은 습관이다.

모닝콜 한 번에 잠에서 깨지 못하고 '다시 알림'을

누르는 것부터, 여태껏 딴짓하다가 마감 기간 직전에 허겁지겁 어떤 일을 끝내는 것까지.

혹시 여러분의 이야기인가? 그렇다면 우리 모두 '아가리'다. 오늘도 우리는 성장도, 성공도 그렇게 미루고 있다. 이대로 가다간 우리 인생에 무기력과 실패만이 기다리고 있을지 모른다. 혹시 이 이야기에서 스스로의 모습을 발견했다면 인정하자. 여러분 역시 아가리 혹은 잠재적인 아가리라는 것을.

이렇게 반박할 수도 있다.

'아니 내 친구 중에는 나랑 똑같이 놀면서 공부도 일도 다 잘하는 친구가 있는데? 남들이 1시간 만에 할 일을 10분이면 다 해버리는 그 친구는 뭔데? 뭐든 효율이 중요한 거지. 나도 한다면 한다고. 내가 얼마나 벼락치기 고수인데!'

그래, 우리 주변에는 그런 친구가 가끔 보인다. 하지만 이미 알고 있지 않나? 그 친구는 그 친구일 뿐이라는 것을. 대부분은 그 친구와 다르다. 일하는 데에 먼저

10분을 쓰고 50분을 쉬는 친구와, 50분 내내 놀다가 10분을 남겨두고 헐레벌떡 일을 처리하는 나는 다르다. 결국은 실행력의 문제다. 해야 할 일을 먼저 할 수 있는 실행력의 차이.

## ∵그 많던 욜로족들은 어디로 갔을까?

YOLO!

몇 년 전, '욜로'를 외치는 라이프 스타일이 선풍적인 인기를 끌었다. 그래, 인생은 한 번뿐이다. 현재를 즐기라니, 지금 당장 행복하지 않으면 미래에도 행복하지 않을 것이라는 말이 맞을지도 모르겠다. 어차피 이 월급으로는 서울에 내 집 마련은 절대 불가능할 것 같은데 괜히 아등바등 애쓰며 살다가 내일 갑자기 죽는다면 너무 억울하지 않은가?

'맞아, 사람 일 어떻게 될지 모르는데 오늘 누릴 행복을 내일로 미루지 말자.'

나 역시도 욜로 라이프에 설득되어 어떻게 하면 지금 당장 행복해질 수 있을까 하고 많이 고민했다.

한편, 욜로가 유행하던 무렵 명품 브랜드 구찌의 디자이너가 바뀌었다. 과거 구찌가 보여주었던 올드한 분위기를 벗어던지고 색이 더해졌다. 뱀과 호랑이, 벌이 들어간 세련된 디자인은 사람들의 시선을 사로잡았다. 게다가 평범한 직장인들도 조금 무리를 하면 하나쯤 사볼 수 있는 가격은 샤넬이나 에르메스에 비하면 합리적으로 보이기까지 했다.

치솟는 집값을 바라보자니 집은 영영 구매할 수 없을 것 같다. 그렇다고 차를 사자니 유지비도 만만치 않다. 대신 구찌 가방이나 신발 하나쯤은 살 수 있을 것 같은 마음은 다들 비슷했는지 매장 앞은 쇼핑을 하기 위한 사람들로 북적였다. 당시 많은 사람의 인스타그램에서 이런 해시태그를 어렵지 않게 볼 수 있었다.

#구찌 #스웨그 #플렉스 #욜로

이러한 현상은 일시적으로 반짝하고 사라질 것 같지 않다. 특히나 예로부터 명분을 중요시하던 우리 한국에는 여전히 '체면 문화'가 두드러진다. '핫'하다는 것은 모조리 해봐야 그놈의 체면이 선다. 이 체면 때문에 한국 사람들은 핫한 것을 따라가곤 한다. 남들이 사는 것, 남들이 하는 것, 남들이 먹는 것은 다 따라 사고, 하고, 먹어야 한다. 거기에 더하여 꼭 티를 내야 직성이 풀린다.

내가 고등학생이었을 때에는 '패딩 서열'이라는 것이 있었다. 겨울철만 되면 아이들은 값비싼 브랜드의 로고가 붙은 패딩을 서로 뽐냈다. 마치 공작새가 자신의 깃털을 자랑하듯 말이다. 그러고는 자연스레 누가 무슨 브랜드를 입었는지 살폈다. 친구들은 유명 브랜드의 패딩을 입은 무리와 그렇지 않은 무리로 나뉘었다. 이 사이에는 묘한 어색함이 흐르곤 했다.

요즘은 SNS가 활성화되어 더 많은 사람에게, 더 자세하게, 더 생생하게 '나의 것'을 자랑할 수 있게 됐다. 인스타그램과 유튜브에는 명품 신발 언박싱, 풀빌라 숙박 후기가 끊임없이 올라온다. 친구들이 올려대는 그럴싸한 포스팅들을 보고 있자니 나도 사진을 찍어 올려 존재감을 뽐내야만 하겠다. 마침 봐두었던 가방이 하나 있다. 지른다. 가방을 구매하고, 인스타에 바로 인증샷을 올린다. 쇼핑백과 박스 사진도 빼놓을 수 없다. 몇 분 안 돼 친구들의 댓글이 주르륵 달린다.

이제 좀 체면이 서네! 왠지 흐뭇하고 행복하다. 물론 12개월 할부로 산 것은 비밀.

'지금 당장 내가 행복'할 수 있게 되었으니 잘한 선택인 것 같다. 이 정도 소비는 내 행복에 비하면 완전 거저다. 그래서 정말 그 이후로도 행복했나? 혹시 잠시의 짜릿함과 해방감, 친구들이 남긴 하트 개수와 부럽다는 말 한 마디를 행복이라고 착각한 것은 아닌가?

문득 맨체스터 유나이티드의 전설적인 감독이었던 퍼거슨 경의 떵언이 머리를 때린다.

"SNS는 인생의 낭비다."

오직 '체면'을 위해 소비하는 것은 돈만이 아니다. 우리의 시간과 노력을 써가며 인생을 낭비하는 동안 남는 것은 무엇일까?

한편, 이 세상엔 '다른 유형의 욜로족'들도 있다.
이른바 자기 계발형 욜로족.

평소 악기를 배우고 싶어했지만 망설였던 친구는 욜로의 바람을 탔다. 그래! 더 이상 미루지 말고 하고 싶었던 악기를 배워야겠다며 결심하고는 취미로 드럼을 배우기 시작했다. 요즘은 아예 유튜브 채널을 개설하고는 드럼 치는 영상을 업로드하고 피드백 받는 재미에 푹 빠졌다. 영상을 올리고 나서 아쉬운 부분이 없도록 더 잘 치기 위해 틈만 나면 연습하는 것도 빼놓지 않는다.

필라테스를 배우고 싶다던 친구는 과감하게 1년권을 끊었다. 비용이 꽤 컸지만 행복을 위해 큰맘 먹고 투자했다. 그렇게 한 해 두 해가 가고 몇 년이 지난 지금, 친구는 필라테스 강사 자격증까지 취득해서 새로운 삶을 살아가고 있다.

욜로를 비판하는 사람들은 이렇게들 말한다.

그러다가 나중에 아프거나 큰돈 들어갈 일이 생기면 어떻게 하냐고. 안정적인 미래를 위해서는 현재를 조금 희생해서라도 준비가 필요하다고.

충분히 할 수 있는 걱정이다. 그리고 일리 있는 말이다. 하지만, 나는 '현재의 충동적인 즐거움을 위해 산다!'는 뜻으로 욜로를 말하는 것이 아니다. 진짜 나를 위한 욜로가 무엇일까?

사고 싶은 것을 다 샀을 때 느낀 감정은 그저 순간의 기쁨이었을 확률이 높다. 찰나의 짜릿함을 충족하기 위해 소비한 후 얇아진 지갑을 들고선 정작 지출해야 할 곳에서 돈을 아끼지는 않았는가? 행복하려고 한 행동이 도리어 행복과 멀어지는 길을 걷게 만들었다.

욜로 라이프를 즐기는 사이, 주변에는 하나둘씩 소

위 '잘나가는' 친구가 생기기 시작했다. 대기업에서 최연소 과장으로 승진한 친구도 있고 잘나가는 스타트업 대표가 된 친구도 있다.

여전히 내가 명품 가방 할부를 갚아 나가는 동안 돈을 꽤나 모았다는 친구의 소식이 들려온다. 그 친구들이 나한테 잘못한 것도 없는데 왜 이렇게 배알이 꼴리는지 모르겠다. 내가 잘못 살아온 건가? 아무리 되짚어 생각해보아도 당장 한치 앞을 알 수 없는 세상에서 현재가 제일 중요하다는 건 맞는 말인 것 같다. 그러니 욜로가 반드시 잘못되었다고 할 수는 없다.

성공한 친구들은 현재를 희생하고만 사는 걸까? 그들도 나름의 욜로 라이프를 살고 있었다. 다만 그들에게는 꿈이 있었고 그 꿈을 이루기 위해 목표를 하나하나 달성하는 '다른 의미에서의 행복'을 택했다. 그게 나와는 달랐다.

그렇다. 한 번 사는 인생 나의 목표를 위해 열심히 사는 것이 진정한 욜로다.

많은 사람이 '꿈'을 향해 나아가는 욜로보단 '소비'가 가지는 순간의 짜릿함에 초점을 두고 절제 없이 산다. 삶의 행복과 질은 점dot이 아니라 선line이어야 한다.

명심해라. 우리의 인생은 한 번뿐이다.


## ¨한방蟲들아, 그게 될 것 같니?

내 친구 캉테는 사치와는 거리가 멀고 절약이 몸에 뱄다. 다른 친구들은 너나 할 것 없이 스스로에게 투자 좀 하라며 캉테에게 일장 연설을 한다. 그렇게 돈을 열심히 모아봤자 어차피 서울에 집 한 채 못 산다고. 그렇게 다 떨어져가는 지갑을 가지고 다니면 오던 돈도 도망가고, 들어오던 복도 도로 나가니 지갑 좀 좋은 걸로 바꾸라면서.

어느 날 캉테가 집들이를 한다며 초대했다. 신도시에 전셋집을 마련했단다. '나는 아직 월세인데…' 약간 부러운 마음이 든다. 그렇지만 '얘도 어차피 서울에 집 마련하지 못하는 것은 피차일반이겠지.'라는 생각으로 스스로를 위로한다.

그래도 내심 친구들과 격차가 벌어지는 것 같은 찝 찝한 느낌은 어쩔 수 없다.

그러다가 요사이 주식으로 재미를 좀 봤다는 포그 바를 만났다. 요즘은 상승장인데다, 괜찮은 바이오주 를 하나 물면 대박 칠 수도 있단다. 무슨 말인지 잘 모 르겠지만, 주식으로 곧 집 장만을 할 수 있을 것 같다 는 친구 말을 들으니 나도 한번 해봐야겠다는 생각이 든다.

포그바가 괜찮은 종목을 몇 개 골라줬다. 다음 주에 는 무조건 상한가를 친다는 말에 혹해서 모아둔 돈을 올인했다. 돈 벌면 사려고 생각해둔 신상 시계를 떠올 리니 가슴이 설렌다.

월요일 아침 9시, 장이 열리자마자 자신 있게 상한

가에 주문을 걸어두었다. 그러나 장이 끝날 때까지 나의 주문은 체결되지 않은 채, 본전도 못 찾고 있었다. 실시간으로 내 돈이 날아간다. 이거라도 건지자는 마음에 눈물의 손절매를 하게 되었다. 젠장, 월세? 고시원으로 옮기게 생겼다.

'주식은 나와는 잘 안 맞는 걸까?'

그러면 로또는 어떨까? 요 며칠 꿈에 숫자들이 자꾸 아른거렸던 것 같기도 하다. 잠결에 필사적으로 적어뒀던 숫자들을 다시금 꺼내본다. 로또 1등에 당첨되면 일단 서울에 집 한 채 사고, 오랜만에 부모님께 효자 노릇도 할 수 있겠다! 부모님께는 얼마 드릴까? 상상만 해도 너무 좋다.

토요일 밤 9시.
'1', '4', '5', '10', '21', '27'….
느낌이 좋다. 내 로또 용지에서 본 듯한 번호다.

숨을 한번 고른 후 휴대폰을 꺼내서 QR 코드로 당첨을 확인했다. 에휴, 국밥 한 그릇만 날렸다.

열심히 돈을 번 친구들과의 갭을 메워야겠다는 조바심에 노력해서 돈을 벌 생각보다는 일확천금을 노릴 때가 있다. 주식을 하더라도 현실적인 목표 수익을 정해놓거나 종목에 대한 공부도 하지 않고 그저 몇 배로 뻥튀기되길 바라면서 투자가 아닌 투기를 하지 않았는가?

혹은, 오직 로또만이 살길이라며 복권에 희망을 걸고 있지는 않은가?

"그게 될 것 같니?"

## ‥사장님, 사업이요?

얼마 전 혼다와 함께 일본 음식점에 밥을 먹으러 갔다. 인스타그램에서 핫한 곳이라더니 역시나 사람들로 북적였고, 감성 맛집답게 인테리어도 감성적으로 잘 꾸며져 있었다.

1시간이 넘는 웨이팅 끝에 입성. 주문을 하고 음식이 나왔다. 배가 무지 고프지만 야무지게 필터를 바꿔가며 인스타 감성 충만하게 사진을 찍었다. 그래, 이만하면 됐다. 업로드할 정도는 되겠어.

그리고 드디어 음식을 입에 넣는 순간.

으? 이게 뭐지?

다시 한번 맛을 음미해보지만 돌아오는 것은 형편없는 맛과 배신감뿐이었다. 음식과 욕이 사이좋게 입에서 나올 뻔했다.

혹시 내 입이 이상한가 싶어 주위를 둘러보고 확신했다.

인스타그램에 또 속았다.

눈으로만 예쁜 음식에 혹사당한 내 혀와 굶주린 위가

불쌍했다. 얼른 편의점 라면이라도 넣어줘야겠다는 생각이 들었다. 아까웠지만 음식을 남기고 서둘러 자리를 뜨기로 했다. 눈치 게임이라도 하듯 다른 테이블에 앉았던 사람들도 연달아 계산대로 모여들었다. 힐끗 쳐다본 그들의 자리에도 역시나 잔반이 가득했다.

"식사 맛있게 하셨어요?"까지는 아니어도 이렇게나 많은 음식을 남겼으니 음식이 별로였는지 문제가 있는지 물어볼 법도 한데, 계산대에서 들은 말은 "다음 손님, 4번 자리로 가세요!"였다.

사장님도 재방문은 없을 거라는 것을 알고 있었던 걸까? 아직도 길게 줄을 선 사람들이 문득 불쌍하게 느껴졌다. 하지만 그들의 기대어린 눈망울 앞에서 차마 음식점 혹평을 하기란 쉽지 않았다. 또, 그들도 인스타만 믿은 경솔함에 대한 대가를 치러야 하지 않겠는가?

사장님은 사람들이 뭘 남겼는지, 왜 잔반이 있는지 궁금하지 않은 모양이었다. 그저 잔반의 존재는 무시

한 채 새로운 손님들을 들이기 위해 무심하게 자리를 치우기 바빴다. 몇 달이 지나고 그 근처를 지나며 보니 같은 자리에 새로운 음식점이 들어와 있었다. 스페인 음식점인가? 이번에도 차례를 기다리는 손님들이 줄지어 있었다. 목도 좋고 멋진 간판과 인테리어가 눈길을 끌었지만 음식점 방문은 다음번으로 미루기로 한다.

매스컴에서도 위와 같은 사례를 쉽게 볼 수 있다. 대표적으로 백종원의 골목식당을 보면, 준비가 되지 않은 상태에서 창업을 하고 개선의 노력도 하지 않아 질타를 받는 사장님들이 종종 등장한다.

요식업의 기본은 '음식의 맛'에서부터 나온다. 백 선생님 말처럼 제대로 밥장사를 하려면 선택과 집중을 통해 메뉴를 엄선해야 한다. 사장님의 진지한 고민을 거쳐 만들어진 메뉴 하나는 대충 만든 열 메뉴보다 효자가 될 수 있다. 이는 음식점 창업을 해보지 않아도 짐작 가능하다.

다른 사업을 시작할 때도 마찬가지다. 무엇보다 경

쟁력이 있는지 철저하게 따져야 한다. 자신이 사업에 적합한 자질을 가지고 있는지, 그리고 사업을 감당할 경제력이 있는지 자가 점검이 필요하다. 또, 해당 업종에 대한 사전 조사도 필수다. 실제 사업을 운영해본 사장님들의 생생한 이야기도 수집해야 한다. 이러한 과정을 모두 거친 후에 시작한 사업일지라 해도 성패는 알 수 없다. 어디 남의 주머니에서 돈 빼내서 먹고사는 게 쉬운 일인가.

흔히들 주변의 누구누구가 잘된 경우만 보고서 자신도 사업을 하면 성공할 줄 알고 섣불리 사업에 뛰어든다.

나는 감각이 있으니까, 요새 핫한 곳이랑 비슷하게 차릴 수 있을 것 같으니까, 음식이야 오픈 소스 레시피 좀 참고하면 금방 개발할 수 있을 것 같으니까, 이 일대를 꽉 잡은 지인들한테 홍보 부탁하면 사람들은 찾아오게 되어 있으니 요령껏 하면 되겠지!

그러나 결과는 뻔하다. 처음엔 '오픈빨'을 받아 어느 정도 잘되는 것 같지만 결국 시들시들하다가 자릿세 겨우 내고 나면 알바 뛸 때보다도 못한 수입을 가져간다. 우리 주위에서 흔하게 접할 수 있는 스토리다.

취업 준비생들이 수차례 취업에 실패하고 내뱉는 단골 멘트가 있다.

공무원 시험 준비나 할까?
유튜브나 할까?

이 멘트는 직장인들 사이에서도 어렵지 않게 들을 수 있다. 스트레스를 많이 받는 날이면 퇴사 욕구는 다시금 샘솟는다.

아, 다 때려치우고 사업이나 할까?

현재 처한 상황이 너무 힘드니까, 내 인생에 반전의 계기가 생겼으면 해서 하는 말이라는 것을 안다.

각자 사업을 하고 싶은 이유는 다양할 수 있다. 돈을 더 많이 벌기 위해서, 꿈을 실현하기 위해서, 아니면 현재 처한 상황에서 벗어날 수 있을 것 같아서.

사업을 시작하고 싶다면 명심해야 할 사실이 있다.

사업하는 사람 중 열에 아홉은 월급쟁이보다 못할 수 있다는 것을.

그리고 성공한 소수는 상상하지도 못할 엄청난 노력을 했다는 것을. 심지어는 성공을 하고 나서도 경쟁력을 유지하기 위해 부단히 노력한다는 것을.


## 동아줄 기다리다 목 디스크 걸린다

술자리 인맥을 중요하게 생각하는 친구 발로텔리의 이야기다.

발로텔리는 유독 한 사람의 전화를 받을 때면 상대가 눈앞에 있는 것처럼 깍듯하게 예의를 차린다. 오늘도 그 형님 전화를 받고는 집에 모셔다 드려야 한다며 부리나케 일어나야겠단다.

"왜 그렇게까지 하냐? 우리랑 먼저 약속해놓고 거길 꼭 가야 돼?"

"미안하다. 이 형님이 사업 준비하는 분인데 나도 데리고 가준다고 했거든. 지금 이렇게 해야 날 챙겨주지 않겠냐. 한 번만 이해해줘라."

그렇게 우리는 올해만 열 번째 '한 번만' 그 친구를 보내줬다.


그러던 어느 날, 발로텔리가 의기양양한 얼굴로 국밥집에 주방 직원으로 취업한다고 말했다.

"요리에는 관심도 없었으면서 갑자기 웬 국밥집?"

"그때 그 형님 알지? 형님이 지금 국밥집을 열었는데 곧 공장 세워서 유통까지 하신대. 내가 국밥집에서 일 배우고 나중에 공장 만들어지면 거기서 매니저 하기로 했다."

"그래? 축하한다. 월급은 얼마나 준대?"

말은 축하한다고 했지만 친구가 내심 걱정됐다.

"일단은 일 배우는 거지. 그래도 교통비 하라고 한 달에 50씩 챙겨주신대."

2021년 최저시급이 8,720원이었다. 그런데 한 달에 50만 원이라니…. 그래도 친구가 하겠다는 일이니 우리는 모두 응원했다.

"니가 결정한 일이니 잘 하겠지. 열심히 해라. 국밥 먹으러 갈게!"

다행히 공장은 무사히 지어졌고 친구도 관리자로 일하게 됐다. 많지는 않지만 최저시급보다는 조금 더 받으며 일했다.

그러나 국밥은 생각보다 잘 팔리지 않았다. 웬만하면 친구네 국밥을 사주고 싶었지만 가격으로나 맛으로나 비비고에서 나온 제품을 사먹지 친구네 국밥에는 손이 가지 않았다.

회사 경기가 어려워지자 가장 먼저 친구의 월급이 줄었다. 또 다시 발로텔리는 최저시급도 받지 못하는 생활을 하게 되었다. 회사 경영상황 개선이라는 명목 아래에 말이다. 우리는 친구에게 할 만큼 했으니 이제 그만두고 다른 일을 알아보는 게 좋지 않겠냐고 말했다. 하지만 발로텔리는 지금 여기서 나가면 자신의 이미지가 나빠진다고 했다. 한낱 술자리 인맥에 인생을 베팅하고 있는 것은 아닌지 씁쓸했다. 얼마 못 가 국밥 공장은 문을 닫았고, 친구는 백수로 돌아왔다.

여러분도 혹시 주변에 성공한 사람들에게서 떨어지는 콩고물을 바라고 있는가?

객관적으로 생각해보자.

그 콩고물의 크기는 알 수 없다.

먹을 만한 게 맞는지도 모른다.

꽤나 맛있고 큰 콩고물이라 해도, 그것이 정말 우리 입으로 떨어질지는 더 모를 일이다.

살다보면 좋은 인연을 만나고 그럴듯한 기회를 마주할 수도 있다. 하지만 준비되어 있지 않은 상태에서 온 기회는 함정일 수도 있음을 잊지 말아야 한다. 내 자신의 미래는 다른 누군가가 대신 챙겨주지 않는다. 그 누군가는 당신을 그저 수단으로만 생각할지도 모른다.

우리는 단순히 인맥을 늘리는 게 아닌 실력을 키우는 데에 시간과 노력을 들여야 한다. 당신의 진가를 알아보는 사람은 비싼 값을 치르더라도 당신과 함께 일하려고 할 것이다.


## ⸰⸰글로벌 인재가 한국으로 돌아온 이유

링딩동 링딩동 링디기 딩디기 딩딩딩


월요일 오전 6시, 케이힐은 오늘도 시끄러운 알람 소리에 꾸역꾸역 눈을 뜬다. 겨우 일어나 세수를 하고서 두유 한 팩을 손에 움켜쥐고 현관 밖으로 나선다. 광역버스 정류장에는 벌써 많은 사람이 늘어서 있었다.

'휴가를 쓸까…'

그래도 오늘은 운 좋게 앉을 자리가 있다. 자리에 몸을 구겨 넣은 지 한 시간쯤 지났을까, 회사 근처 정류장에 도착했다. 아직 업무 시작도 안 했는데 한바탕 출근 전쟁을 겪고 나니 벌써부터 온몸이 뻐근하다. 퇴근하고 싶다.

'친구들은 아직 취업도 못 했는데, 이렇게 다닐 직

장이라도 있는 게 어디야. 먹고살려면 참아야지.'

철학과를 졸업한 케이힐은 꽁꽁 얼어붙은 취업시장에서 '문송'하지 않고 괜찮은 중견기업에 입사해 2년째 일하고 있다. '문과라서 죄송합니다.'라니, 취직이 오죽 어려웠으면 이런 말이 생겨났을까? 새삼 씁쓸하다.

취업을 한다고 해서 불행 끝 행복 시작!은 아니다. 공공의 적 황 부장의 억지스런 히스테리를 비롯해서 수많은 스트레스가 나를 짓누른다. 왕복 2시간이 넘는 출퇴근 시간에 야근하는 날도 부지기수다. 아무래도 워라밸은 상상의 동물인 듯하다.

그뿐이랴? 저번에 박 과장은 내 아이디어를 자기 것마냥 당당하게 프레젠테이션 하지를 않나, 주말에 오랜만에 소개팅한 건 또 왜 부서에 전부 소문이 나 있는지. 일도 사람도 모두 다 진절머리가 나기 시작한다.

'나 여기서 버틸 수 있을까?' 하고 고민하던 찰나, 대학생 때 갔던 유럽 여행이 떠오른다. 오후 4시에 퇴근하는 사람들의 행복한 얼굴. 그런데도 우리나라보다 개인 소득도 더 높았었지! 술집에서 맥주 한 잔의 여유를 느끼는 사람들의 얼굴에서 '행복'이란 단어가 느껴졌다.

'그런 평화로운 분위기에서 살아가면 나도 행복해질 수 있지 않을까?'

퇴근 후 SNS를 뒤적거리다 중학생 때 캐나다로 이민 간 친구의 사진이 눈에 들어온다. 철창 안에 갇혀 있는 것만 같은 스스로의 모습과 달리 친구의 얼굴에는 학창 시절의 자유로움이 아직 남아 있는 것만 같다.

아! 한국을 떠나고 싶다!

해외 취업을 위한 과정을 검색해보니 녹록지 않아 보였다. 문과를 졸업하고 특별한 기술이 없었기 때문이다. 게다가 취업을 위해 토익 점수를 만들려고 잠깐 공부했던 영어 수준으로는 언어의 장벽을 뛰어넘기도 쉽지 않아 보인다.

'어느 세월에 기술 배우고 언어까지 마스터해? 이제 슬슬 돈도 모으고 결혼도 해야 하는데…'

열에 아홉, 아가리들은 여기서 옹졸한 실천력 덕분에 불필요한 학원비와 항공료 지출을 아끼고 그 자리에서 그냥 그대로 산다.

간혹 일단 질러보는 아가리도 있다. 케이힐 역시 특이 케이스였다. 외국에서 생활도 하고 돈도 벌 수 있는 워킹 홀리데이에 꽂혔다.

'가면 어떻게든 되겠지!' 자신이 외국병 말기임을 직감한 그는 행복을 찾기 위해 외국으로 떠나야겠다는 생각에서 벗어나지 못한다. 아니, 한국을 떠나야만 한다는 강박에 사로잡힌다. 정답은 탈조선뿐이다. 어떻게든 탈조선 해야겠다!

말도 통하지 않을 테고 당장 밥은 어떻게 먹어야 할지 걱정이 되기도 했지만 그래도 외국으로 나가면 지금의 무미건조한 생활보다는 훨씬 나을 것 같다. 한국만 벗어나면 모든 게 다 잘 되고 행복해질 것이라는 그릇된 믿음에 갇혀버린다.

역시 한국은 나한테 좁아.

해외로 나가서 영어도 마스터하고 운이 좋으면 글로벌 기업에 취직할 수도 있지 않을까?

보디랭귀지는 만국 공통어니까 밥은 먹고 살겠지 뭐, 다 사람 사는 곳인데. 일단 빨리 가서 생각하자.

정보를 긁어모아 최대한 빠른 날짜로 어찌저찌 호주 워킹홀리데이를 신청하고, 직장에 사직서를 던지고 나니 떠난다는 게 실감이 나기 시작한다. 그리고 다가온 출국 날. 공항에 도착하니 원피스의 주인공 몽키 D. 루피가 해적왕이 되겠다고 바다로 나설 때 이런 마음이었을까 싶다. 앞으로 다가올 설레고 행복한 미래를 상상하니 가슴이 웅장해진다.

'한반도 쪽으로는 이제 오줌도 안 쌀 거다.'

호주에 도착하면 모든 게 기쁠 것만 같았다. 하지만 입국 심사부터 만만치 않았다. 언어의 장벽이 생각보다 더 높다는 것을 깨달은 케이힐은 다짐했다. 일단 말문을 좀 터야겠다. 어학원 가서는 죽어라 영어 공부만 해야지!

새로운 곳에는 늘 새로운 인연이 있는 법. 멀리 타국에서 만난 동향 사람이 그렇게 반가울 수 없다. 고향에 대한 향수를 달래고자 어학원에서 만난 한국인들과 함께 속 시원한 한국어 프리토킹 시간을 보내고 삼겹살 파티도 빼놓지 않았다. 기왕 호주에 '온 김에' 멀리서 만난 것도 인연인데 함께 여행도 여기저기 열심히 다녔다. 영어 실력 대신 늘어난 것은 '형님'들과의 우정이었다. 그렇게 점점 케이힐이 선택할 수 있는 일자리 옵션은 줄어갔다.

케이힐은 펌 베어백 할아버지의 델몬트 오렌지 농장에 취업했다. 말은 안 통해도 피지컬은 자신있었다. 꽉 막힌 주방보다는 광활한 자연에서 일하고 싶었던 걸까? 대의를 품고 떠난 호주에서 케이힐은 오렌지족이 되었다. 얼마나 열심히 오렌지를 땄는지 어느새 손톱까지 노래졌다.

그냥 딸기 농장으로 옮길까?

조금 있으면 딸기 수확 시즌이고 거긴 한국인도 꽤 있다던데….

농장엔 힘든 마음을 털어놓을 친구 하나 없고, 아파도 병원 갈 엄두조차 낼 수 없다. 한국에선 별로 찾아 먹지도 않았던 김치도 갑자기 너무 그립다.

한국만 떠나면 모든 게 달라질 줄 알았는데 쳇바퀴같이 돌아가는 내 일상은 달라지지 않았다. 황 부장에겐 대들기라도 할 수 있었는데 영어가 안 되니 여기서는 말대꾸도 할 수 없다. 오렌지라도 땅에 내던져 분풀이를 하고 싶었지만 호주 할배의 'F' 섞인 호통이 들려올 것만 같았다. 소심하게 보따리 안에 오렌지를 툭, 하고 던져 넣었다.


엄마 보고 싶다.


하…. 그래도 호주까지 왔는데 이렇게 쉽게 돌아갈 순 없지.

…아니야. 이 정도면 넓은 세상 구경도 할 만큼 했다. 부모님도 이제 환갑이 넘었는데 내가 모셔야지. 돌아가야겠다.

그렇게 케이힐은 탈조선의 꿈을 접고, 그렇게 헬이라고 욕했던 조국으로 돌아왔다. 예정보다 일찍 돌아온 대한민국에서 그는 힘든 취준 생활을 1년 동안 다시 거쳐 이전보다 더 낮은 조건의 회사에 재취업했다. 한껏 더 귀여워진 월급이 스쳐지나갈 때면 황 부장의 잔소리가 그리워진다나?

　　기술이 있다고 해도 별반 다르지 않다.

　　필자는 물리치료학과를 졸업했다. 대학생이던 당시 미국에서 물리치료학과를 졸업하면 한국에서보다 더 큰 수입을 얻을 수 있고 대우도 좋다는 이야기가 돌았다. 그래서 저학년 때는 너도나도 유행처럼 미국 물리치료사 면허를 따겠다는 목표를 세웠다. 과연 그들은 모두 아메리칸 드림을 이뤄냈을까?

　　결과적으로 내 동기 중 누구도 해외 진출에는 한 발자국조차 다가가지 못했다. 매 학기가 지날수록 동기들은 현실과 타협하는 방법을 숙달해갔다. 모두들 안분지족을 강조하던 성현들의 말씀에 따라 각자 한국의 크고 작은 병원으로 흩어졌다.

미국 진출은 오르지 못할 나무가 되었다.

그러다 어느 날, 수석을 항상 도맡아 하던 전설의 박펠레 선배와 술자리를 함께할 기회가 생겼다.

"어? 나 미국 물리치료사 면허 땄지. 근데 그거 따도 미국 못 가. 원어민들보다 영어도 안 되잖아. 마사지도 어디가 아픈지 알아들어야 해주지. 그리고 인맥도 없어서 어디 취업하지도 못해. 면허 따고 미국에 자리 잡는 사람은 10%도 안 될걸?"

박 선배에 의하면 미국 물리치료사 면허 취득이 문제가 아니라 대부분 취업 과정에서 포기하고 다시 한국으로 유턴한다고 한다.


한국의 환경에 불만족을 느끼며 막연히 외국에서 새로운 시도를 꿈꾸는 사람이 많다. 하지만 그 과정은 생각처럼 쉽지 않다. 낯선 곳에서 성공하기 위해서는 그만큼 더 많은 노력이 필요하다. 이를 간과하고 한국만 벗어나면 모든 게 잘 될 거라고 확신하는 혼자만의 행복회로는 대부분 실패로 이어진다.

탈조선의 탈脫에는 현재 상황에서 벗어나려는 도피의 의미가 담겨 있다. 마냥 벗어나기만을 바라는 도피성 짙은 마음가짐으로는 어디에 가나 금세 포기하고 또 다시 도망갈 곳만 찾고 있을 것이다.

## ·· 이건 얘 탓, 저건 쟤 탓

얼마 전, 오며가며 인사하고 지내던 50대 어머님과 대화를 나눈 적이 있다. 이 나이대 어머님들의 주된 걱정은 무엇이겠는가? 자식이다. 이분은 나에게 아들 걱정으로 하소연을 자주 하셨다.

"우리 아자르가 성실하기만 하면 정말 소원이 없겠어. 노력은 안 하고 갈수록 핑계만 늘어. 나중에 아무것도 안 하고 집에서 놀면서 캥거루족 될까 걱정이야."

"어머님, 요즘 젊은 사람들 보니깐 성실하다고 다 성공하는 건 아니더라고요."

하지만 얘기를 더 들어보니 생각이 달라졌다.

이 아들놈은 얼마 전에 자격증 시험을 접수했다고

한다. 비대면 수업으로 시험 준비할 시간이 굉장히 많았지만, 어머님은 아자르가 공부하는 모습을 볼 수 없었다. 그의 하루는 이미 게임, 웹툰 그리고 유튜브로 아주 빡빡하게 분배되어 있었기 때문이다.

어머님은 간섭하면 아자르에게 오히려 안 좋은 영향을 미칠까 봐 최대한 믿고 지켜보려 노력한다고 했다. 그래도 부모 입장에서는 자식이 시험을 앞두고 노력하는 모습을 전혀 보이질 않으니 걱정되지 않겠는가? 그래서 최대한 조심스럽게 얘기를 꺼냈다.

"아들~ 시험 얼마 안 남았는데 공부 좀 해야 하는 거 아니야?"

돌아온 것은 신경질 섞인 아들의 까칠한 대답뿐이었다고 한다.

"아! 내가 알아서 할게!"


시험 당일. 아들은 전날 사두었던 샌드위치를 먹고 시험을 보러 가려고 했다. 하지만 아주머니는 샌드위치가 상한 것 같아 샌드위치를 버렸다. 혹여나 아들이 상한 샌드위치를 먹고 탈이 날까 걱정이 되어 버린 것이 화근이 되었다.

"아, 엄마! 아침에 샌드위치 먹고 시험 치러 가려고
했는데."

"그거 상한 것 같아서 버렸어. 가다가 빵집에서 새
로 사 먹어, 돈 줄게."

"아 그냥 안 먹을래. 오늘 뭔가 일진이 안 좋네."

그냥 샌드위치 하나 사 먹으면 될 것을, 아자르는 괜
한 짜증을 냈다. 설상가상으로 시험장에 가는 버스가
퍼져서 중간에 내려 다른 버스로 갈아탔다고 한다.

머피의 법칙이 야속하다. 물론 어떤 일이 예상했던
것과 다르게 흘러가면 에너지 소비가 많이 되고 짜증
이 날 수도 있다. 시험 날은 특히 예민할 수 있으니깐.

아자르는 그날 시험이 망했다는 것을 직감했다.

시험장을 빠져나오며 아자르는 성냈다.

"오늘 망한 건 샌드위치 때문이야. 엄마는 왜 샌드위
치를 버려가지고. 되는 일이 하나도 없네. 아 스트레스
받아."

아자르는 또 스트레스를 푼다는 명목으로 밤새 피
파를 했다고 한다.

우리 아가리들은 실패의 이유를 환경 탓으로 돌리는 데에 익숙하다.

나에게서 문제를 찾지 않고 외부에서 문제를 찾게 되면 마음은 잠시 편할 수 있다.

그러나 부모님 가슴에 못 박는 것과는 별개로, 남 탓을 하는 버릇은 우리 인생을 험난하게 만든다. '나'의 문제와 실수를 찾고 스스로 해결하려는 노력을 하지 않는다면 문제는 절대 해결되지 않는다.


아자르가 시험을 망친 근본적인 이유는 여러분도 다 알지 않는가?

익숙하지 않겠지만 실패의 원인이 스스로에게 있음을 인정해야 한다. 그리고 이를 해결하기 위해 노력해보자. 이번에는 우리의 특기를 발휘할 차례다.

미루기.


'핑계 대기'를 한 번 미뤄라.

그러나 아가리가 된 것이

Level 2. **아가리 양성소**

우 리  잘 못 만 은  아 니 다

## 온실 속 도마뱀

"요즘 젊은 애들은 패기가 없어. 라떼는 말이야⋯."

"요즘 것들, 근성이 없어. 고생을 해봤어야지. 다들 온실 속의 화초여, 화초!"

이렇게 말하는 '어른'들을 그동안 질리도록 봐왔기에 이젠 별 느낌도 없을 것이다.

5060, 혹은 그 윗세대가 청년기를 보낸 시절은 경제적으로 매우 어려웠다. 한마디로 먹고살기 어려운 시절이었다.

전쟁을 경험한 세대는 당장 먹을 끼니를 해결해야

만 했고, 그 자식들은 가족을 위해 먼 타국에서 남들이 꺼려하는 일에 젊음을 바쳤다. 또 그 자식들은 살림살이가 조금 나아지나 싶었으나 IMF를 겪어야 했다. 인정한다. '어른'들은 시련을 겪으면서도 무너지지 않고 잡초처럼 버텨냈다.

그중에는 남들보다 덜 먹고 덜 자고 더 뛴 끝에 성공을 거둔 사람도 있다. 소위 '개천에서 난 용'이다. 그들은 높은 곳에 앉아 '나처럼 하면 너희도 성공할 수 있어!'라고 조언하며 우리를 내려다본다. '성공하는 사람들의 N가지 법칙' 같은 멋진 단어로 각자의 성공 썰을 풀어내며 그들은 자신을 신화이자 곧 로망으로 포장했다.

오해하지 말자. 우리도 용이 될 수 있으니 그분들의 말씀을 따르자고 말하려는 게 아니다. 용이 여의주를 대신해서 무엇을 만들었는지 얘기하고자 한다.

그 시절 '어른'들 역시 용의 승천을 바라보던 개천의 수많은 도마뱀이었다. 그들은 자신들이 살던 거칠고

역동적인 '개천'과 지금을 비교한다. 당시에 비하면 오늘날 2030이 살아가는 환경이 너무도 풍족하고 평화로운 '온실'이니 감사한 줄 알라고 한다. 맞다. 우리는 외부 환경에 적응하기 위해 생사를 오가는 노력을 할 필요가 없었다. 결국 우리는 온실 밖 세상은 알지 못한 채 '곱게' 자랐다. 자, 그럼 그 '온실'은 누가 만든 것일까?

우리의 학창 시절을 한 번 되돌아보자.

대다수의 부모님과 선생님은 그 시대의 성공 방정식을 우리에게 대입하기 일쑤였다.

"열심히 공부해서 좋은 대학교 가면 다 좋은 데 취직해서 돈도 많이 벌 수 있어."

"좋은 대학교에 가면 잘생기고 예쁜 애들이 줄을 선다고."

"너네, 일단 대학교는 학과보다 간판이 중요하다."

"그러니까 너희는 아무 걱정 말고 우리가 시키는 대로 공부만 해!"

기성세대는 우리를 온실에 가두어 이 안에서 안전하게 크라고 한다. 그러나 그것이 도리어 우리의 성장을 저해하는 원인이 되어버렸다. 간혹 용기를 내어 이를 벗어나보려는 도마뱀들에게는 '날라리' 또는 '양아치'라는 꼬리표가 붙었다. 시간이 흘러 온실 밖으로 기어 나왔더니 요즘 젊은 도마뱀들은 왜 이렇게 비실비실하냐며 혀를 내찬다. 그들이 가두어 길렀다는 생각은 하지 못하는 것일까?

온실 속의 우리에겐 자신이 무엇을 좋아하고 잘하는지 찾을 기회가 없었다. 국영수를 잘하거나 국영수를 못하거나였다. 잘하는 것도 국영수 중에서 찾아야 했고 잘 하지 못하는 것도 국영수 중에서 찾아야만 했다. 이렇게 학생 때는 부모님과 선생님이 안내해주는 대로 따라가면 성공은 아니더라도 최소한 평범하고 행복하게 살 줄 알았다. 모두들 학창 시절에는 비슷하게 짜인 틀 안에서 규칙을 따르며 열심히 공부해서 수능을 치르고 대학교에 입학했다. 그 과에 가면 무슨 공부를 하고 어떤 직업을 가지게 되는지는 알지도 못한 채 그저 성적에 맞추거나 취업이 잘 된다고들 하는 과로 원서를 썼다. 수학을 잘하는 친구들은 뭐 하는 곳인지는 몰라도 취업이 잘되는 공대로, 수학을 잘하지 못하는 친구들은 그나마 취업이 잘되는 상경계열로 진학했다.

막상 대학교에 와 보니 이 길은 내 길이 아닌 것 같았다. 그러나 이미 십 년 이상 지나온 시간을 무시하고 새로운 것을 찾아볼 용기를 내기란 쉽지 않았다.

내가 뭘 하고 싶은지 정말 모르겠어.
내가 좋아하는 것이 과연 무엇일까?

이 질문에 대한 답을 스스로 찾을 기회는 학창 시절에 없었다. 캄캄한 밤, 불 켜진 독서실에서 공부하는 척하기 바빴고 이런 내면의 물음은 당장 내일까지 제출해야 할 수학 숙제로 인해 점점 뒤로 밀리고 말았다.

어른들은 자신들이 정해준 길로만 가면 된다고 했

다. 어른들 말 들어서 나쁠 게 하나도 없다고, 엄마 말 잘들으면 자다가도 떡이 생긴다고 했다. 그러나 정작 그것이 스스로에게 맞는 길인지 아닌지는 생각해볼 수 없었다. 우리에게는 다른 길을 탐험할 기회도 주어지지 않았고 새로운 길을 찾기 위해 중간에 나침반을 들고 방향을 돌릴 수도 없었다. 길을 바꿔본 경험이 없었기에 이제는 다른 길의 존재를 애써 부정하고 싶기도 하다.

'다른 길이 낭떠러지면 어쩌지? 지금까지 걸어온 길도 그럭저럭 괜찮았는데 굳이 다른 길을 찾을 필요가 있을까?'

방향감을 상실한 도마뱀들은 그렇게 잔뜩 움츠러든 채 살아가고 있다. 우리가 할 수 있는 것이라고는 그저 아가리로 울어대는 것뿐이다.

자기가 경험한 '성공 방정식'을 남에게 강요한다면 그는 나이를 떠나 '꼰대'가 된다.

기성 도마뱀들은 급류를 버텨야만 했던 힘든 삶을 살아왔다. 아무리 그렇다 해도, 온실에서 자란 요즘 도마뱀들 역시 온실 속에서 제 나름대로 치열하게 경쟁해서 살아남았다. 우리에게 잘못이 있다면 단지 환경에 너무 잘 적응하고 순응한 것이 잘못이랄까? 어른들이 만들어둔 온실에 말이다.

## 도마뱀도 저마다 무늬가 있다

우리는 온실 속 도마뱀들이다. 모두가 똑같은 도마뱀인 줄 알았는데 알고 보니 조금씩 무늬가 다르다. 개중에는 '시험 점수'라는 화려한 무늬를 자랑하는 놈들도 있다. 그리고 놈들은 자연스럽게 어른들의 눈길을 잡아끈다.

'쟤는 도마뱀이 아니고 용이네!'
'이대로만 커주면 크게 될 놈이야.'
'나도 저런 용 한 마리 키웠으면!'

누구도 흐릿한 내 무늬에는 관심을 가져주지 않았다. 주변에선 친구 무늬라도 따라 그려보란다.

그러면 미래에 '이무기' 정도는 될 수 있을지도 모른다고 충고한다. 늘 어른들의 애정과 부러움은 화려한 무늬의 도마뱀들이 독차지했고, 그들은 심지어 다른 도마뱀을 물고 해쳐도 쉽게 용서받았다.

그 도마뱀의 이름은 '엄친아'다.


'우연히도' 우리 주변에 꼭 하나쯤 있는 '엄친아'는 공부도 잘하고 운동도 잘하고 못하는 게 없다.

하루는 속이 상해서 엄마에게 대들어본다.

"아니 걔는 좋은 유전자를 타고났겠지. 나는 엄마 머리 닮았으니 별수 있나 뭐."

"야! 너는 나처럼 공부 못해서 이렇게 살지 말라고 하는 말 아니냐!"

오늘 저녁은 먹어야겠으니 더 이상 대들지 않기로 한다.


공부를 잘하면 소위 '사'자가 들어가는 전문직을

가질 확률이 상대적으로 높다. 부모님들은 공부를 잘 하던 친구가 명문대학을 졸업하고 전문직에 종사하며 여유로운 삶을 사는 모습을 지켜봤다. "나는 못했지만 내 자식만큼은!"

세상에 이보다 강한 동력이 또 있을까?

그리고 명문대 입학만이 살 길이라고 믿어버린다.

빚을 내서라도 학군이 좋기로 소문난 지역으로 이사하고, 월급의 대부분을 자녀의 사교육비로 지출한다. SKY를 졸업하고 법복을 걸친 내 새끼의 모습을 상상하며 한우 대신 호주산 소고기를 장바구니에 담는다. 이런 것쯤은 어려운 일도 아니다. 만에 하나, 그 집 자식이 공부 좀 하는 경우라면 조부모까지 손주의 사교육에 올인한다. 드디어 우리 가문에 인물이 하나 나오는구나! 이것만 한 가치투자가 없다고 생각하면서. 그러다 학교에서 조그마한 상장이라도 집에 가져오기 시작하면 손주코인의 떡상을 기정사실화하며 동네방네 자랑하고 다닌다.

이제는 세상이 바뀌었다. 아이들의 입에서 조물주보

다 건물주라는 말이 나온다. 건물주가 되고 싶은 마음은 어디에서 왔을까? 아이들은 세상이 돈을 중심으로 돌아간다는 쓸쓸한 현실을 너무나도 빨리 알아버렸다. 요즘 아이들의 장래희망 역시 많이 달라졌다. 초중고 학생들의 장래희망을 조사한 결과를 보면 크리에이터, 프로게이머, 가수, 웹툰작가가 상위권에 올랐다. 너도나도 의사, 선생님, 과학자가 되겠다던 장래희망 사이에 새로운 바람이 불고 있다. 무조건 공부를 잘해서 무언가가 되겠다기보다는 돈을 잘 벌면서 동시에 본인이 좋아하고 또 즐거울 수 있는 직군을 꿈꾼다.

요새는 국영수 중심의 공부에서 벗어나 자기가 하고 싶은 일을 하면서도 돈과 행복을 쟁취하는 사람들이 너무나도 많다. 또 공부를 잘하는 것이 반드시 행복한 삶으로 이어지지 않는다는 것도 알게 되었다. 공부를 곧잘 해서 명문대학에 갔다가 대기업에 취직한 친구도 마찬가지로 만날 때마다 직장 때려 치고 유튜버나 하겠다는 말을 입에 달고 산다. 반대로 학창 시절에 공부를 썩 잘하진 못했지만 컴퓨터 덕후였던 친구는 꽤 유명한 게임사에 다니며 실력 있는 게임 개발자로 인정받는다. 나름의 꿈을 가지고 노력했기에 경제적으로도 더 여유롭고 심지어 많은 어른들의 엄친아였던 친구보다 더 행복해 보이기까지 한다.

세상이 어째 변한 것 같다. 이제는 대학 간판보다는 얼마나 자기에게 잘 맞는 일을 찾는가가 더 중요한 것 같다. 물론 아직까지도 공부를 잘하면 잘 먹고 잘살 가능성이 높다. 하지만 그렇다고 그들이 꼭 행복한 것은 아니다. 반대로 공부를 잘하지 못했더라도 자신이 좋아하는 것이 무엇인지 찾아 실력을 갈고닦는 사람들은 충분히 돈을 잘 벌 수 있다. 게다가 그들은 자기가 좋아하는 일을 하니 얼마나 행복하겠는가.

공부가 중요하지 않다는 것이 아니다. 하지만 자신에 대해 알아가는 시간 없이 남들이 하니까 따라 하는, 목표 없고 이유 없는 공부는 지양하자는 것이다.

공부를 시작하기 전에 스스로가 어떤 무늬를 가졌는지 관찰하는 시간이 필요하다. 그 시간은 분명 우리가 '개천'에 나갔을 때에 남들보다 더 빨리 적응하고 우리만의 무늬가 화려하게 빛날 수 있게 도와줄 것이다.

## 점심 메뉴도 못 정하면서
## 니 인생은 어떻게 결정할래?

'결정 장애'는 어떤 선택을 해야 할 때 쉽게 결정을 내리지 못하고 우왕좌왕 망설인다는 의미를 가진 신조어다. 음식점이나 카페에서 어떤 메뉴를 선택해야 할지 쉽게 결정을 내리지 못한 경험이 한 번쯤은 있을 것이다.

사람들은 왜 본인이 먹을 음식 메뉴조차 쉽게 결정하지 못할까?

우리는 본능적으로 최선의 선택을 하려고 한다. 돈이 넘쳐나서 쓰기도 벅차다면 그냥 모든 메뉴를 다 시켜서 남든 말든 하나씩 맛을 보면 된다. 하지만 우리의 작고 귀여운 잔고는 가장 합리적인 가격으로 나에게 가장 큰 만족감을 줄 메뉴가 뭔지 이리저리 재게만든다.

토요일 점심시간. 평일에는 라면과 편의점 도시락으

로 식사를 때운 터라 이번 주말은 꼭 맛있는 것을 먹으면서 시작해야겠다.

'뭘 먹어야 그놈 밥 한 번 잘 먹었다고 소문날까?'

실패 없는 최고의 한 끼를 맛보기 위해 최근에 갔던 맛집들을 떠올려본다.

몇몇 후보가 물망에 올랐지만 오늘은 신상 맛집을 개척하고 싶기 때문에 일단 보류다.

그러곤 휴대폰으로 네이버 블로그와 인스타그램에서 맛집 후기들을 뒤적거려 본다. 버스로 십 분 거리에 새로 생긴 음식점 골목이 요즘 핫 플레이스인 것 같다.

'여기다. 오늘은 여기로 가보자.'

북적이는 인파를 뚫고 우여곡절 끝에 겨우 식당에 들어설 수 있었다.

그러나 끝날 때 까지 끝난 게 아니다. 메뉴판이라는 두 번째 시련이 남아 있다.

'뭘 메뉴가 또 이리 많냐…'

메뉴판에 적힌 글자는 눈에 들어오지 않는다. 추천 메뉴가 뭔지 찾았지만 아무런 표시도 없다. 또 다시 인스타그램에 들어가 메뉴 후기를 확인하고 다른 테이블에서는 뭘 시켰는지 빠르게 스캔하고서야 겨우 메뉴를 정할 수 있었다.

'밥 한 끼 먹기 진짜 힘드네.'

주말에도 머리를 이리저리 굴렸더니 뒷골이 당긴다. 하지만 우리에게는 디저트 메뉴라는 세 번째 시련이 남아 있다. 내 미각에 선물 한 번 주려다가 지쳐서 쓰러질 것 같다. 맛있는 것을 먹으며 주중에 받은 스트레스를 날려버리려고 했는데. 맛집 탐방을 하려다 오히려 스트레스를 더 받은 것이다.

'아! 일단 밥부터 먹고 생각할래.'


사람들은 스스로에 대해서 잘 모르고 살아간다. 자신이 무엇을 좋아하고 싫어하는지조차도 잘 모르는 사람들이 많다.

"가장 좋아하는 음식이 뭐예요?"

"저 딱히 가리는 음식이 없어서 다 좋아해요."

"그러면 싫어하는 음식은요?"

"저 진짜 아무거나 다 잘 먹어서 싫어하는 것도 없어요."

크게 꺼리는 것 없이 둥글둥글 살아가는 사람들을 바꿔 말하면 확고한 취향이 없는 사람이라고 할 수 있다. 특별한 취향이 없기 때문에 메뉴를 고를 때도 고민이 많아 쉽게 결정하지 못한다. 음식은 그나마 메뉴판에 BEST 표시가 있으면 결정을 힘들어하는 사람에게 큰 힘이 된다. 하지만 불행히도 인생에는 BEST 메뉴라는 것이 없다. 그러니 음식 취향도 잘 모르는 우리가 인생의 취향을 어떻게 알겠는가?

음식은 먹어본 '경험'이 있으니 맛이 있는지 없는지를 안다. 하지만 내 미래는 한 번도 경험해보지 못했다. 살아가면서 해야 할 중요한 결정들은 너무나 많이 있다. 전공, 직업, 결혼 등등. 어떻게 하면 우리는 최선의 선택을 할 수 있을까?

음식 얘기로 돌아가보자. 친구들 중에 꼭 한두 명은 자기만의 맛집 리스트를 가지고 있다. 덕분에 초행길에 또 메뉴 선택을 하지 못하고 갈팡질팡하는 내게 강림하셔서 맛집의 은총을 내려주시곤 한다. 자기만의 맛집 리스트가 있다는 것은 곧 맛집 여부를 판별할 만한 자기만의 취향이 있다는 뜻이다.

바로 여기서 우리는 인생의 취향을 얻어내는 방법에 대한 힌트를 찾을 수 있다. 우리의 구세주는 주말이고 평일이고 시간이 날 때마다 '핫'하다는 맛집들을 쏘다닌다. 수많은 음식점을 다니며 시행착오를 겪고 비로소 자기만의 맛집 기준이 생긴 것이다. 스스로 발품을 팔며 돌아다닌 '경험'이 맛집에 대한 취향을 만들어주었다. 결혼을 잘 하고 싶으면 연애를 많이 하라는 말이나 젊어서 고생은 사서도 한다는 말이 이제야 조금은 이해가 되는 듯하다. 결국 다양한 경험을 쌓아가며 본인의 취향을 알아가는 것이 중요하다.

우리가 학창 시절 배운 정규 교과 과정도 결국은 진로를 잘 선택하기 위한 과정이 아닌가? 그렇지만 아이러니하게도 잘 선택하기 위해 만들어진 정규 교과 과정은 오히려 제대로 진로에 대해 고민하는 것을 방해하는 결과를 낳았다. 다양한 경험을 할 수 있는 기회로부터 차단된 채 그냥 공부를 열심히 하면 모든 것이 해결될 것이라는 막연한 믿음으로 학생들은 수능 시험을 볼 때까지 달려간다. 그렇게 들어간 대학에선 또 어떠한가. 내 기대와는 다른 경우가 너무나도 많다.

'내가 과연 이 공부를 계속할 수 있을까?'
'이걸로 밥 벌어먹고 살 수 있을까?'

이제야 오랫동안 보류해왔던 진로가 나를 압박해 온다. 누군가는 경험의 부족에 대한 문제를 깨닫고 휴학이나 여행을 통해 스스로에 대해 더 알아가는 시간을 보내며 경험하는 과정을 거친다. 다방면으로 경험을 쌓으며 시도의 경로와 범위를 확장할수록 자신만의 꿈을 발견할 확률도 높아진다. 때론 실패하는 것처럼 보일지라도 말이다.

이 모든 일이 수능을 보기 전, 혹은 대학 입시 원서를 쓰기 전에 이루어졌다면 어땠을까? 보다 효율적으로 인생을 살아갈 수 있지 않았을까?

개인의 취향을 존중하지 않고 천편일률적으로 진행되는 정규 교과 과정. 그 속에서 우리는 결국 스스로가 뭘 좋아하는지 찾지 못했다.

그래도 삶의 주인으로서 책임을 져야 하지 않겠는가. 스스로의 취향이 무엇인지 고민해보고 지금부터라도 선택에 대한 경험치를 쌓아야 한다.

앞으로는 '아무거나' 좋아하지 말자.


## 돈도 못 버는 게 어디서 까불어

중산층이 되기 위해는 재산이 과연 얼마나 있어야 할까?

순자산 2억, 아파트는 자가, 차는 중형 세단 등 경제적인 지표를 먼저 떠올렸는가? 그 전에 중산층에 대한 정의에 대해서 생각해본 적이 있는가?

한때 각국의 중산층 기준을 소개한 자료가 화제가 되었다.

프랑스는 문화예술적인 측면, 영국은 신사의 나라

답게 신사 정신, 미국은 자유민주의 표본답게 시민의 식을 중산층의 지표로 둔다. 반면에, 우리나라는 한강의 기적을 이룬 나라답게 경제적인 요소가 부각된다.

대한민국은 단기간에 세계 최빈국에서 손꼽히는 경제대국으로 성장했다.

우리는 50년 동안 경제 성장에만 몰빵해왔기에 상대적으로 돈을 제외한 여타 요소는 신경 쓸 겨를이 없었다. 조부모 세대는 자신이 겪었던 보릿고개의 무서움을 내 새끼, 그러니까 우리 부모님들이 느끼지 않게 하는 것을 삶의 가장 큰 목표로 삼았다. 없는 서러움을 누구보다 잘 알았기에 무엇이 됐든 돈부터 벌고 하자, 라는 태도를 갖게 되었다. 이러한 경향은 곧 사회 전반의 통념으로 자리잡았다. 이러한 가치관은 심지어 아파트 평수에 따라 놀이터가 갈리는 상황으로 치달았다. 나의 꿈도 돈으로 환산되었다.

어린 시절 내 꿈은 축구왕, 세상에서 제일가는 스트라이커였다. 교실 뒤편 게시판 속 내 장래희망은 항상 축구선수였다. 하지만 운동장에서 공을 차는 모습을 지켜본 우리 부모님은 내가 손흥민이 아니란 걸 일찌감치 깨달았나 보다. 우리 아빠는 어설픈 실력으로는 동네 조기축구회에서도 주전선수는커녕 주전자나 옮기고 있을 거라는 초강력 독수리 슛을 내 가슴에 꽂아 넣었다. 대신 공부는 곧잘하니까 의대에 가서 의사가 되라고, 성공한 의사가 되어 의료인 축구회에 들어가라고 하셨다. 그날 이후, 생활기록부 속 내 장래희망은 의사였다.

주변에서 내게 장래희망을 물어봤을 때 의사라고 대답하니 나를 보는 어른들의 시선이 달라졌다. 때로는 내가 의사가 된 것도 아닌데 장래희망을 말하는 것만으로도 알 수 없는 뿌듯함을 느꼈다. 축구왕을 꿈꾸던 꼬마아이들은 의사, 변호사, 판사라는 직업이 어떤 일을 하며 또 어떠한 가치를 추구하는지에 대해선 당연히 몰랐다. 그냥 돈을 많이 버니까, 부모님과 선생님이 묻지도 따지지도 말고 그렇게 하라고 가르쳤으니까, 우린 그저 끄덕거렸을 뿐이다.

장래희망을 시작으로, 점차 내게 성공의 기준은 금전적인 부분에 맞춰졌다. 나이가 들수록 돈의 중요성이 더욱 뼈저리게 다가왔다.

학창 시절 큰 평수 아파트에 사는 친구들은 왠지 자신감이 넘쳐 보였다. 형편이 어려워 해외로 수학여행을 가지 못하는 친구들은 기를 펴지 못했다. 성인이 된 후 방학마다 해외여행을 가는 친구들을 인스타로 구경할 수밖에 없었다. 대기업 합격턱을 쏘는 동기에게서 알 수 없는 패배감이 들어 마냥 웃으며 축하해주지 못했다.

우리는 어느새 무의식적으로 이런 분위기에 익숙해졌고, 성공의 기준은 자연스럽게 돈이 되었다. 돈을 많이 벌면 성공했다고 인정해주고 돈을 많이 벌지 못하면 실패했다는 인식이 생겼다. 대기업이 아니면 괜히 주눅이 든다. 죄를 지은 것도 아닌데 실패자로 낙인이라도 찍힌 것 같은 기분이 든다. 약한 모습을 보이기 싫어 도리어 큰소리를 쳐보기도 한다.

그렇지 않아도 잘 안 풀리는데, 주위 시선 때문에 더

주눅이 든다. 모든 게 하기 싫고 힘이 다 빠져버린다.

자존감? 먹는 건가? 내가 한심한 사람인 것만 같다.

이러한 패턴이 뫼비우스의 띠처럼 돌고 돌아 인생 전체에 부정적인 영향을 준다.

거울에서는 언젠가부터 공허한 마음을 가진 아가리가 나를 슬픈 눈으로 쳐다보고 있다.

## 위대한 도전은 없고 위대한 성공만 있는 사회

오늘도 '실패할 게 뻔한데'라는 생각 때문에 최선을 다하지 못했다. 그렇게 특별한 성과 없이 하루가 저물었다.

우리 중 대다수는 인생이 휘청할 만큼 크게 사업을 말아먹었다거나 하는 엄청난 실패를 경험하지 못했다. 그러나 30년 남짓 시간이 흐르는 동안 우리는 사실 꽤 많은 실패를 경험했다. 학창 시절을 예로 들어볼까?

다시 돌아온 영어 수업 시간.

어렸을 때부터 미드 애청자였던 나는 자막 없이 영상을 보고 싶다는 생각에 영어만큼은 마스터해보려는 마음이 컸다. 그래서 영어 수업엔 늘 열심히 참여했다. 하지만 최근에는 영 의욕이 떨어진다. 미국 유학파 출신 도노반과 같은 반이 된 이후부터인 것 같다. '프렌즈'의 챈들러 마냥 유창하게 쏟아져 나오는 도노반의 스피킹은 매번 모두를 감탄시킨다. 토종 한국인인 내가 범접할 수 없는, 뭐라 설명할 수 없는 그 특유의 억양이 너무나 매력적이다. 도노반의 발표 끝에는 어김없이 선생님의 칭찬이 뒤따른다.

"자, 또 해볼 사람?"

고퀄 스피킹에 한껏 의욕이 높아진 선생님은 이 분위기를 이어가고 싶으신 모양이다. 그리고 정적. 누가 이 상황에서 손을 들 수 있을 것인가.

'아 하고 싶긴 한데 너무 비교될 것 같아… 문법도 갑자기 헷갈리는 것 같네.'

나는 이미 발표 후 웃음거리가 된 내 모습을 상상하

고 있었다. 오, 노!! '그래 중간만 가자.'

공중 부양이라도 하듯 주저하던 손이 슬며시 책상과 한몸이 되었다.

영어 실력을 늘리고 싶다면 영어를 사용하여 말하는 것을 두려워하지 말아야 한다. 그래서 성격에도 안 맞지만 늘 용기를 내보려 했다. 하지만 천상계의 존재 앞에서는 실력 발전의 뿌듯함보다 비교에 따른 쪽팔림이 훨씬 생생하게 상상된다. 그 상상은 매번 내가 망신당하지 않게 붙잡아주었고, '덕분에' 나는 아직도 십 년 전 영어 말하기 수준에 머물러 있다.

나는 왜 용기를 내지 못했을까?

어릴 때부터 주변의 어른들은 칭찬에 인색했다. 칭찬은 늘 성적이 좋거나 발표를 잘하는 친구들 몫이었다. 칠판 앞에서 수학 문제를 당당하게 풀지 못하는 나에게는 칭찬이 돌아올 리 없었다.

"들어가 인마!"

좋은 시도였다거나 멋진 도전이었다고 칭찬하는 선

생님은 거의 없었다.

좋은 결과에는 칭찬이라는 보상이 따라온다. 하지만 성공 없는 도전에는 보상이 없었다.

도전하지 않으면 실패할 일도 없다. 나서봤자 실패하면 남는 것은 쪽팔림뿐이다.

'괜히 나서지 말고 가만히 있자.'

그렇게 우리는 실패와 도전을 두려워하는 사람으로 자랐다.

도전해야 할 상황은 스무 살 청춘의 캠퍼스 라이프에도 찾아왔다.

동아리에서 처음 본 인문대생 그녀가 내 마음에 설렘을 심었다. 보면 볼수록 설렘의 씨앗은 무럭무럭 자라나 짝사랑이란 꽃으로 피었다. 이 꽃이 지기 전에 사랑의 결실을 맺어야겠다고 굳게 다짐한다. 그러나 그녀의 연락처를 물어보는 것부터 난이도 최상급의 도전이다.

'거절당하면 어떡하지? 군대 가야 하나?'

거절의 두려움인지 입대의 두려움인지 나는 캠퍼스에서 그녀 얼굴이 보일 때마다 혹시 눈에 띨까 도망치기 바빴다. 망설이는 사이 버스는 이미 떠나버렸다. 나의 그녀 옆에는 이미 과 선배라는 멀대 같은 놈이 떡하니 버티고 서 있었다. 덕분에 나는 한동안 베개를 적셔야 했다. 이놈의 상상력은 내 연애사업에도 도움이 되질 않는다.

나의 상상력은 대학을 떠나 직장에서도 나를 괴롭힌다. 내 직속 상사는 소위 '모두 까기 인형' 타입의 사람이다. 호두까기 인형이 호두를 까듯 그는 부하 직원 모두를 깐다. 오전 일과를 기분 좋게 시작하면 안 되는 병이라도 걸렸는지, 그는 아침이면 예외 없이 부하 직원들에게 '개선 사항'을 요청한다. 또, 반도체 생산이라도 하려는지 업무를 나노 단위까지 분배해서 자신이 원하는 방향으로 정확한 일자에 자기 책상 앞에 제출하길 원한다. 약간의 융통성을 발휘해보려고 하면 호되게 '개선'을 요구한다.

이런 업무 환경에서 회의 시간은 참 난감하다.

답정녀로 어차피 결론은 정해져 있으면서 아이디어를 내보란다. 아이디어를 내면 어떻게 되는지 잘 알기에 가만히 있으면 이번엔 또 가만히 있는다고 난리다. 간혹 용기를 낸다 쳐도 멘탈이 바사삭 으스러지는 상황을 피할 길은 없다. 뭐 어쩌라는 건지, 그러니 다들 묵묵부답일 수밖에! 오늘도 회의 시간은 상사가 주인공인 모노드라마로 끝났다.

건너 듣긴 했지만 옆 팀의 팀장은 꽤 다르단다. 답을 정해두지 않고 팀원이 제시한 의견을 발전시켜나가는 방식으로 업무를 진행해간단다. 의견제시와 피드백이 여러 차례 있다 보니 회의실 예약 건수는 우리 팀을 훌쩍 뛰어넘는다. 그럼에도 그 팀 사람들의 표정은 늘 밝아 보인다. 알고 보니 그 쪽 팀장은 직급도 따지지 않고 철저히 팀원의 기여도에 따라 인센티브를 배분한단다. 당장이라도 저 팀으로 옮기고 싶다는 생각이 든다. 하지만 이내 과연 내가 저 팀에 가면 잘 할 수 있을까, 하는 의심이 솟구치면서 씁쓸해졌다. 나는 이미 아이디어를 내는 것조차 꺼릴 만큼 소심해진 지 오래다.

시행착오를 발전의 밑거름으로 받아들이는 데에는 본인의 의지가 중요하다. 하지만 주변 환경도 굉장히 중요하다. 한 번 실패한다고 해서 다 끝나는 것이 아니라, 성공으로 가는 과정에서 늘 겪는 일이라는 생각이 필요하다.

다시 도전해볼 용기는 실패에 너그러운 분위기에서 자연스레 생긴다. 그런데 우리 사회에선 좀처럼 실패를 허용해주지 않는다.

일을 하다 보면 실패를 겪는 게 당연하다. 중요한 건, 그 실패를 다시 들여다보고 원인을 파악하는 것이다.

우리가 기억 저편에 숨겨뒀던 실패는 사실 위대한 도전의 증거다. 그리고 성공으로 가는 단서이기도 하다.

## 화려한 피드가 나를 감싸네

세상에 나 혼자라면 열등감이 있을 수 있을까?

열등감은 남과 비교할 때만 느낄 수 있는 감정이다. 인간은 사회적 동물이라 끊임없이 다른 사람들과 관계를 맺으며 살아간다. 최근에는 페이스북, 인스타그램과 같은 SNS의 발달로 언제 어디에서나 누구든지 다른 이들의 일상을 생생하게 확인할 수 있다. 그러나 사람들과의 연결은 때로 너무 정도가 지나쳐서 오히려 자아의 존재감을 훼손시킨다. 틱톡에서 요새 핫하다는 챌린지는 나도 꼭 영상을 올려야 할 것만 같고, 인스타에 핫하다는 음식점이 생기면 몇 시간을 기다려서라도 맛보고 인증해야만 직성이 풀린다.

'쟤도 하는데 내가 안 할 순 없지.'

그러나 끝이 보이지 않는 포스팅 경쟁에 치이다 보면 삶의 기준을 나 자신이 아닌 다른 사람의 시선에 맞추게 된다. 그러면서 내가 뭘 좋아하는지에 대한 답과는 점점 더 멀어진다.

인스타그램 속 친구들은 하나같이 행복해 보인다.

야야 투레는 오늘 미슐랭 2스타 음식점에서 밥을 먹었나보다. 찾아보니 점심 코스가 십만 원이 훌쩍 넘는 비싼 곳이었다. 문득 꺼내놨던 라면 봉지가 초라해 보인다.

괜히 냉장고에 처박아뒀던 파도 썰어 넣고 냉동실에 있는 만두랑 떡도 꺼내고 계란까지 하나 풀었다. 새로운 포스팅 속의 나는 집밥 해먹기에 취미를 붙인 사람이 되어있다.

#냉장고뽀개기 #집밥 #요리는즐거워

그래도 왠지 모를 패배감에 씁쓸해진다. 계란으로 코팅된 라면 면발이 마음속 허함까지 달래주지는 않는다. 잠깐 시무룩해졌지만 또 버릇처럼 피드를 갱신하고 다른 친구들의 자랑을 본다. 부러움 반 질투 반으로 게시물을 넘기는데, 눈이 휘둥그레지는 사진 앞에 손가락이 딱 멈췄다.

'뭐야, 콜로 투레가 벤츠를? 저번에 주식 좀 한다더니 설마 대박쳤나?'

더 큰 상실감을 느끼고 싶었던 건지 투레의 허세를 뽀록내고 싶었던 건지 잘 모르겠으나 먹이를 앞에 둔 맹수마냥 녀석의 최근 피드를 샅샅이 수색한다. 아까의 시무룩하던 기분은 이미 잊은 지 오래다.

'카푸어인 것 같은데. 외제차 중고로 사다가 인생 지독하게 꼬인다던데 잘 알아보고 산 거 맞나? 돈 벌었으면 집을 샀어야지. 쯧쯧…'

어떻게든 투레를 한심한 놈으로 만들기 위해 내 뇌는 필사적으로 '투레의 행동은 허세에 찬 어리석은 행동'이라는 것을 증명하려 풀가동되었다. 하지만 결국 인정할 수밖에 없다. 투레는 카푸어일지 몰라도 나는 그냥 '푸어'라는 것을.

'하, 고독하구만.'

친구들의 화려한 피드 사이에서 나는 더없이 초라해진다. 오늘은 도무지 아무것도 하기 싫다.


남과 비교하며 생긴 열등감은 우리의 실천력을 앗아가며 우리를 아가리로 만든다.

SNS를 하면 열등감이 필연적으로 따라오는 걸까? 그렇다고 SNS를 끊자니 그건 세상과의 단절을 선언하는 것 같아 더 두렵다. 어떻게 우리의 시간을 남들에게 열폭하는 데 쓰지 않고 온전히 우리 자신을 위해 쓸 수 있을까? 다음의 이야기가 어쩌면 실마리를 제공해 줄지 모른다.

오랜만에 간 동해안. 벼르고 벼르던 SNS 자랑 시간이 돌아왔다. 바다를 배경으로 수십 번의 촬영 끝에 얻은 사진과 함께 몇 가지 해시태그를 달고 난 뒤 게시물을 올리면 그렇게 뿌듯할 수 없다. 파도의 시원함을 만끽하지는 못했지만 그래도 상관없다. 이게 얼마만에 온 포스팅 기회인데.

이런 심리가 과연 나에게만 있을까?

시간은 좋든 싫든 있는 그대로 흘러가지만, 포스팅을 하는 순간은 원하는 것만 선별하고 편집해서 올릴 수 있다. 한 번 쯤은 SNS에 행복한 순간이라며 포스팅을 해본 경험이 있을 것이다. 다른 사람들 역시 자기가 얼마나 멋진 것을 경험했는지 최선을 다해 뽐내려고 한다. 그러나 그들도 포스팅을 하고 나면 한동안 평범한 일상을 살아간다. 어쩌면 힘든 일이 있는데 SNS에는 티를 내지 않는 것일 수 있다. 누구에게나 포스팅 쿨타임이 돌아오는 시점은 다르다. 그러니 우리가 보는 피드마다 새로운 자랑거리가 넘칠 수밖에.

인생이 늘 행복하다고 말하는 사람은 없다. 많은 이들이 일상의 평범함을 뛰어넘는 기분 좋은 경험을 했을 때 행복을 느낀다. 그러나 그런 일은 남들에게도 역시 흔하게 일어나지 않는다. 나와 마찬가지로 말이다. 그러니 남들의 특별한 순간과 우리의 평범한 일상을 비교하면서 스스로가 더 불행하다고 느낄 필요 없다. 만들어진 열등감에 주눅들지 말자.

SNS에 게시글을 올리는 것은 폭죽을 쏘는 것과 같다. 각자 돌아가며 피드에 한 번씩 폭죽을 쏠 뿐이다. 쏘는 사람이 워낙 많다보니 피드가 늘 밝고 화려한 것이다. 그러니 우리는 그저 불꽃놀이를 보고 즐기면 된다. 이따금씩 우리의 폭죽을 쏘아 화려함을 더해주면서 말이다.

남들의 폭죽이 더 크고 연사가 가능하다고 우리의 폭죽이 없어지지 않는 것처럼, SNS에 넘쳐나는 자랑 글들이 포스팅 되는 사이에도 우리의 시간은 흘러간다. 우리만의 쿨타임을 기다린 채로.

그러니 시무룩해질 필요 없다.

## ∴ 그래도 너는 달라질 수 있다

우리가 살고 있는 오늘은 쉽지만은 않다. 저성장 시대이고, 취업은 어려우며, 월급도 오르지 않고 물가만 나날이 오른다. 나름대로 열심히 살아본다고 한 것 같은데 내가 들인 노력만큼 보상받지 못했다는 생각에 좌절감이 들기도 한다.

공부를 열심히 해서 대학교 가고 취업하라는 어른들의 말을 너무 믿은 것 같다. 나름대로 대학 졸업장도 있지만 그게 내 인생을 펴주진 않았다. 오히려 고등학교를 마치자마자 취직해서 기술을 배운 내 친구는 최근에 자기 가게를 차리고 사장님 소리를 듣고 산다. 잘 되는 녀석들은 따로 있는 것 같다.

그래도 '대학교씩이나' 졸업했으니 '남들이 그렇듯' 취업이 순서인 것 같다. 그런데 일자리가 없다. 정확히 말하면 괜찮은 일자리가 없다.

흥미도 있고 돈도 벌면서 성취감도 느낄 것 같은 일자리는 아무리 구인 사이트를 뒤져봐도 없다. 그러다 문제는 내 머릿속에 있었다는 걸 깨닫는다.

근데… 내가 흥미 있는 분야는 뭐지?

나는 토트넘 골수팬이고 트와이스를 좋아한다. 그렇다고 내가 토트넘에 취업할 수도 트와이스 매니저를 할 수도 없는 노릇이다. 친구들이랑 희희덕거릴 때나 좋은 것들 말고 내가 평생을 두고 자아실현의 수단으로 삼아볼 만한 게 무엇인지 진지하게 생각해본 적이 별로 없는 것 같다.

돌이켜보면 아무도 내가 뭘 좋아하는지 물어봐준 사람이 없기도 했다. 소크라테스 같은 사람이 나에게 "네 자신을 알라"라는 말을 미리 좀 해줬더라면 나에 대해서 생각해봤을 텐데.

성인이 되고 나니 그제야 주변에서 "네 자신을 몰라?"라고 한다. 참나, 언제 한번 물어본 적도 없으면서. 별달리 능력도 없으니 입에 풀칠이라도 하려면 적당한 회사에라도 들어가서 하루하루 감사하며 분수에 맞게 살라고 한다. 뭐가 됐든 일을 하면서 먹고사는 게 중요하단다.

갑자기 친구들과의 모습이 그려진다. 비정규직을 전전하며 하루하루 생계를 걱정하는 친구, 가'족 같은' 회사에서 무급 노동까지 해가며 최저시급을 받고 지내는 친구. 그리고 그 옆에 재미도 없는 회사 출근하기 싫다며 징징대는 나. 주말 토트넘 경기를 보기 위해 모인 셋이 맥주 피처 2개를 나눠 마시며 손흥민처럼 돈 벌면 어떨지 낄낄대고 있다. 문득 내가 한심하게 느껴진다. 그렇다고 딱히 반전의 계기가 있을 것 같지도 않다. 이번 생은 단념해야 하나?

　지금이라도 당장 변하고 싶다. 꿈이 뭔지 찾고 싶다. 이미 취업을 하고 자리잡은 친구들보다는 늦었지만 죽을 때까지 이렇게 살고 싶지는 않다. 그렇지만 새롭게 무언가를 시작하는 것은 너무나도 겁이 난다. 사실 이미 한참 늦은 것은 아닐까? 괜히 헛수고만 하는 것은 아닐까?

　변하고 싶은 의지와 욕구가 있지만 이번에도 상상력이 나를 붙잡는다.

　"야, 그러다 인생 쪽박 찬다!"

　주변의 '조언'까지 들으니 내 상상력은 더욱 생생해진다.

　그런데 잠깐, 사회는 원래 우리를 챙겨주지 않는다. 우리 목소리에는 관심이 없다. '남들처럼'이라는 말처럼 딱 그정도로 살면서 말썽만 부리지 않길 바랄 뿐이다. '망하면 어떡해'라는 말로 남과 다른 도전을 하는 것을 아니꼽게 본다.

거기에 더해 '옆집 누구는'이라는 말로 당신에게 열등감을 끼얹었었다.


지금까지 나약하게 살아온 스스로의 삶을 자책하고 있다면 고개를 들어라. 어쩌면 우리가 나약한 것은 개인의 문제만은 아니었을지도 모른다. 사회가 어떻게 우리의 의지를 꺾는지 알았으며, 어떻게 생각하느냐에 따라 전혀 문제가 되지 않을 수도 있다는 것도 알게 되었다.

그러니 지금 이 순간부터의 나약함은 태도를 바꾸지 못함에서부터 비롯되는 스스로의 문제가 맞다. 후회로 남을 나약함을 용납하지 않겠다는 각오가 중요하다.

앞서 말했지만 우리의 변화와 성장을 가로막는 가장 큰 적은 실패를 상상하는 것이다. 풍부하게 축적된 실패에 대한 빅 데이터는 일어나지도 않은 실패를 너무도 생생히 구현해낸다.

우리는 그 실패의 허상을 떨쳐내고 눈앞의 현실에
집중하여 변화해보려 한다.

또 다시 실패해도 괜찮다.
원인을 짚고 보완해서 다시 시도하면 된다. 굳은 다
짐이 다시 시도할 용기를 줄 것이다.

앞으로 우리에게 주어진 시간을 진짜 원하는 것에
온전히 쏟아보자. 그게 취미든 일이든, 흥하든 망하든
더 이상 아가리만 털지 않는 우리 자신을 만날 수 있
을 것이다.

죄 지 었 냐 ?

Level 3.

# 아가리여
# 고개를 들어라

## 우리의 시간은 아직 오지 않았다.

수능 시험이 끝나고 나면 안타까운 뉴스가 심심찮게 올라온다. 기사 내용은 성적 비관으로 자살한 수험생에 대한 이야기다.

'수능 그거 생각보다 별거 아니었는데, 그땐 그게 전부인 줄 알았지.'

'정 아쉬우면 다시 보는 것도 방법인데.'

대학을 졸업하고 사회생활을 하는 사람들은 대부분 이렇게 생각할 것이다. 돌이켜보면 일이 년쯤 공부를 더 한다고 해도 멀리 보면 결코 인생에서 뒤처지는 것이 아닌데, 그때는 그 일이 년 차이가 정말이지 크게도 느껴졌다.

"좋은 대학교에 가야 좋은 직장에서 떵떵거리며 살수 있어!"

어른들은 줄곧 이렇게 말했다. 고등학생 때 우리가 선택할 수 있는 옵션은 대학 배치표에 나열된 대학교와 학과가 전부였다. 선택의 폭을 조금이라도 넓히기 위해선 좋은 성적이 필수 조건이었다. 그러나 성적이 잘 나와도 유지하지 못할까 봐 걱정했고, 성적이 떨어지면 그 점수가 수능까지 이어질까 봐 조바심이 났다. 우리 중 대다수는 자신의 성적에 만족해본 적이 드물다.

비관에 빠질수록 시야는 좁아진다. 과연 내가 목표한 대학에 갈 만큼 수능을 잘 볼 수 있을까? 원하던 대학을 못 가게 되어 N수 생활을 하게 되면 어떻게 하지? 이 생활을 몇 년 더 해야 한다는 생각만으로도 불안감에 휩싸였다. 도무지 엄두도 나지 않고 집에도 눈치가 보일 게 뻔하다. 현실과 타협하고 성적에 맞춰서 대학에 가자니 내가 원하는 직업을 가질 수 없을 것 같고.

이래저래 앞으로의 내 인생이 험난해 보이기만 한다. 나쁜 생각은 꼬리에 꼬리를 물어 이미 실패 시나리오를 여럿 완성해 뒀다.

내 인생의 해피 엔딩은 닥터 스트레인지도 못 찾아줄 것 같다.

심지어 우리 중 누군가는 너무 뛰어난 상상력 때문에 안타까운 선택을 하기도 한다. 이는 수능뿐만이 아니라 각종 고시에 청춘을 바치는 고시생들에게도 해당하는 이야기이다.

인생은 생각처럼 풀리지 않는다.

수능 시험을 잘 봐서 좋은 학교에 진학했다고 치자. 그러면 인생에 찬란한 실크 로드가 펼쳐질까? 절대 그렇지 않다. 또다시 좋은 직장을 가지려고 더 많이 노오오오력하지만 그것마저도 우리의 행복을 보장해주지는 않는다. 높은 경쟁률을 뚫고 대기업에 입사한 사람들 중에서도 일이 적성에 맞지 않아 그만두는 사람들이 얼마나 많은가. 괜히 '퇴준생'이라는 말이 나오는 게 아니다. 직접 해보기 전에는 좋은 점만 눈에 보인다. 모두가 말하는 '좋은 직장'에 들어가면, 고용이 보장된 '공무원'이 되면 인생의 큰 문제를 해결했으니 앞으로 행복해질 일만 남았을까? 몸에 좋다는 약도 나와 맞지 않으면 독이 될 수 있다.

그럼에도 불구하고 우리의 시간은 온다.

하는 일마다 족족 잘 풀려서 지금을 인생의 황금기라고 느끼는 사람이 있을 수도 있다. 그러나 그런 시기가 앞으로도 지속될 거란 보장은 없다. 언제든지 암울한 불행의 시기가 찾아올 수 있다. 반대로 바닥을 기어다니는 인생을 살고 있는 것 같아 이번 생은 글렀다고 생각하는 사람도 있을 수 있다. 하지만 우리 인생의 성패 여부는 결정난 것이 아니다. 인생은 오르막길과 내리막길의 연속이다. 아직 때가 오지 않았을 뿐이다.

실제로 오랜 무명 시절을 견뎌내고 대중의 사랑을 받게 된 유명인들의 사례가 종종 소개되지 않는가. 이 얘기에 이렇게 반박할지도 모르겠다.

'그 사람이야 애초에 능력이 있었으니 가능한 거지, 그러다가 때를 잘 만난 거 아니야?'

'나 같은 평범한 사람에게는 해당되는 얘기가 아냐.'

'지금도 빛을 못 보는 사람들이 얼마나 많은데 소수의 사례를 얘기하고 있냐?'

물론, 인생 역전 드라마를 쓰는 사람은 많지 않다. 하지만 그 크기의 차이는 있을지언정 우리에게도 기회는 찾아온다. 설사 좋은 학교에 입학하지 못하고, 좋은 직장에 취업하지 못했더라도 말이다. 우리의 인생은 끝날 때까지 끝난 게 아니다. 그리고 우리가 생각하는 실패는 순간의 과정이지 최종적인 결과가 아니다. 공무원 시험에는 수년간 떨어졌지만 미래에 인기 작가가 될지 영업왕이 될지 주식계의 큰손이 될지 누가 알겠는가?

"자책하지 마십시오. 여러분 탓이 아닙니다. 그냥 계속하다 보면 평소와 똑같이 했는데 그동안 받지 못했던 위로와 보상이 여러분을 찾아오게 될 것입니다."

오랜 무명시절을 겪고 최근 빛을 본 영화배우 오정세 씨의 수상 소감 중 일부다.

우리 앞에는 분명히 많은 기회가 기다리고 있다. 지나간 일들에 대해 자책하지 않아도 된다.

그저 자신을 믿고 앞으로 나아가다 보면 기회와 마주할 날이 반드시 온다.

## 고개를 들어 거울 속 나를 바라보자

일단 현재 상황을 파악해야 한다. 정확히는 스스로를 관찰해보자는 뜻이다. 생각보다 우리는 스스로에 대해 잘 모른다.

대학 입학을 준비하면서 처음 써본 자기소개서. 빈칸 채우기가 너무나도 힘들었다. 생각나는 것이라고는 내 롤 티어가 골드라는 것과 주로 정글러로 활동한다는 정도? 탱템 위주로 가는 헌신성과 라이너들의 불평에도 흔들리지 않는 굳건한 멘탈을 가졌다, 이보다 나를 잘 표현할 말은 없지만 왠지 자소서에는 적을 수 없을 것 같다. 학교생활도 재밌게 하고 공부도 성실히 해왔다고 생각했다. 하지만 그것들이 나를 표현한다고 하기에는 임팩트가 없어 보였다.

취업이 잘된다는 학과에 진학하기 위해 급하게 나를 꾸민다. 이것저것 검색하여 얻은 정보들을 바탕으로 내 관심사를 창조해나간다. 그렇게 하루아침에 나는 반도체에 지대한 관심을 가져온 아이가 되었다. 좀 찜찜하긴 하지만 일단 당장 자소서를 채웠다는 것에 만족스럽다. 나의 진정한 진로가 무엇인지 진지하게 탐색하기에는 일정이 너무 빡빡하다. 그건 대학 들어가서 생각해보는 걸로 일단 미뤄둔다.


취업할 때도 마찬가지였다. 지식의 상아탑에서 진정한 나를 발견할 수 있을 줄 알았건만, 토익과 학점, 자격증 같은 스펙을 갖추기 바쁘다.

회사들은 역시나 '나만의 스토리'를 요구했다. 하지

만 이번에도 할 말이 없다. 나를 돋보이게 만들어줄 것만 같았던 자격증들과 영어 점수는 그저 자기소개를 할 자격을 주는 요건 그 이상이 되지는 못했다. 열심히 준비했다고 생각했지만 나보다 더 뛰어난 사람이 많나 보다. 서류 탈락의 경험들은 쌓여만 갔다. 나와 마찬가지로 노는 줄로만 알았던 대학 동기들은 공모전 입상이나 대기업 인턴 경험으로 하나둘씩 좋은 직장에 들어가는 데 성공했다. 친구들과 똑같은 크기의 시간을 보냈다고 생각했는데, 삶의 농도는 달랐나 보다.

나도 좋은 직장에 들어갈 수 있을까? 앞이 보이지 않는다.


그러다 문득 드는 의문.

좋은 직장이란 대체 뭘까? 대기업? 높은 연봉? 고용 안정성? 뛰어난 복지?

좋은 직장을 원하면서도 그 '좋다'는 것의 기준을 정한 적이 없었다. 이제야 얼마나 스스로에 대한 관찰이 부족했는지 깨닫는다.

좋아하는 것을 스스로 찾아가는 과정은 분명 쉽지

않을 것이다. 하지만 조금이라도 시도했다면 고민해볼 수는 있었다. 고민 한번 해보지 않고 남들 말에 휘둘렸던 것 역시 나의 선택 아니었는가? 과거를 후회하고 남들을 원망하는 것은 여기까지 하자. 남 탓은 이 정도면 충분하다.

이제부터라도 내 인생의 주도권을 되찾아보자.
가장 먼저, '나'를 객관적으로 바라보자.

주변 사람들에게 휘둘렸던 이전의 삶에서 벗어나자. 남들의 의견과 시선에 나를 맞추다 보니 내 인생에서 '나'가 사라져버렸다. 이러한 실수를 반복할 수는 없다.

스스로를 객관적으로 성찰하다 보면 '나'를 이해하게 되고, '나'를 알면 우리는 다시 주도적인 인생을 살 수 있다.

## ⠂해보고 후회하는 게 낫다

입시 혹은 취업이라는 목적지를 향해 좋든 싫든 달려야만 했던 지난날. 행복하지만은 않았다. 어쩌면 다시 반복하고 싶지 않은 힘든 기억이다.

이제는 그 이유가 무엇인지 잘 안다.
하고 싶은 일을 찾지 못했기 때문에.
달려야 할 이유가 부족했기 때문에.

먼저, 두 가지 이야기를 살펴보자.

스롱 피아비 씨는 캄보디아에서 왔다. 학창 시절 의사가 되는 게 꿈이었지만 가난 때문에 학교를 중퇴하고 아버지의 농사를 도우며 살았다. 그러다 지인의 소개로 만난 한국인 남편과 2010년에 결혼했다. 그렇게 대한민국에 이민을 온 평범한 이민자였다. 남편은 아내가 타국 생활에서 느낄 적적함을 달래주려고 그녀를 당구장으로 데려갔다. 그것은 그녀의 인생을 송두

리째 바꾸는 계기가 되었다. 피아비 씨는 본인도 몰랐던 뜻밖의 재능을 발견했다. 그리고 얼마 지나지 않아 전국 당구 아마추어 대회를 휩쓸었고 2017년에는 정식으로 선수 등록을 했다. 그 후 세계 선수권 대회 3위, 아시아 선수권 대회 1위를 기록하며 세계적인 선수로 거듭나는 성공 신화를 썼다. 세계적인 스포츠 스타가 없는 캄보디아에서 그녀의 위상은 가히 '한국의 김연아'급이라고 한다. 피아비 씨는 모국의 아이들에게 희망이 되어주었고 한국에 거주하는 이민자 여성을 위한 활동에도 힘쓰고 있다. 만약 피아비 씨가 당구를 쳐보지 못했더라면 지금의 피아비 씨는 없었을 것이다.

내가 좋아하는 게 뭘까?

책상에 앉아 백날 생각한다고 해서 하늘이 나에게 어느 날 갑자기 특별한 능력을 점지해주지 않는다.

무엇을 좋아하는지 아직 찾지 못했다면, 다양한 경험을 통해 찾아봐야 한다. 내가 잘하는 것, 좋아하는 것은 직접 해보지 않고는 알 수 없다.

내가 잘할 수 있을까? 내가 이걸 좋아할까?

고민하고 머뭇거리는 것을 한번 미뤄보자.

답은 아무도 모른다. 일단 시작하고 나면 당신의 마음이 그 질문에 답해줄 것이다.

요즘은 무엇이든 시도해볼 수 있는 기회가 많다. 어플만 켜면 부담 없이 시작해볼 수 있는 수많은 원데이 클래스, 동호회가 넘쳐난다. 조금 더 나아가서는 국비 지원을 받을 수 있는 직무 교육이나 인턴십 과정도 다양하다.

물론 내가 '좋아하는 일'이 반드시 성공으로 돌아오지는 않는다. 하지만 이렇게 좋아하는 일을 찾아가다 보면 '좋아하는 일'을 '잘하는 일' 혹은 '성공'으로 바꿀 확률이 조금은 높아지지 않을까?

다음은 우리 동네 후안 마타 형의 이야기다.

마타 형은 25살 때 공무원 시험을 준비하다 많은 이들이 그렇듯 웹툰에 푹 빠졌다. 이태원 클래스 속 주인공에 대한 동경은 곧 식당 창업에 대한 관심으로 이어졌다. 급기야는 과감히 수험 생활을 그만두고 본격적으로 요식업 준비를 시작했다.

마타 형은 나름대로 진지했다. 그는 식당 아르바이트부터 시작해 주방일을 배우고 인테리어 공사업체에도 몸담아가며 식당 인테리어를 위한 디자인 감각도 키웠다. 게다가 방송 통신대학에 입학해 경영학을 전공하면서 외식 사업에 대한 지식을 쌓아나갔다. 처음에는 한순간 객기로 치부하며 말렸던 주위 사람들도 진지하고 치열하게 사업을 준비하는 마타 형의 모습을 보고 그를 응원하기 시작했다.

그렇게 마타 형은 심혈을 기울여 고깃집을 차렸다.

그리고 얼마 못 가서 망해버렸다.


마타 형의 요식업 도전기는 실패로 끝났지만, 형은 슬픔에 잠기지 않았다. 오히려 실패를 전화위복의 계기로 삼았다. 장사하는 과정에서 몸소 익힌 경영 관리, 영업, 마케팅, 유통에 대한 감각은 이 형의 든든한 자산이 되었다. 이후 취직한 타일 유통 업체에서 마타 형은 본인의 경험을 십분 활용할 수 있었다. 거래처 식당 주인들의 상황과 니즈에 꼭 맞는 제품들을 납품하고 인정받으며 새로운 직업에 빠르게 적응했다.

진짜 좋아하는 일을 찾기 위해선 다양한 경험이 필요하다고 말했다. 피아비 씨처럼 자신도 몰랐던 엄청난 재능을 발견해 큰 성공을 거둔 경우도 있지만, 이런 영웅담은 나에게는 해당되지 않는 이야기일 확률이 높다. 하지만 마타 형처럼 스스로 원하는 일을 하나씩 경험하다 보면 어느새 시야를 넓히고 전문성을 갖출 수 있다.

좋아하는 일로 반드시 성공한다고는 장담할 수 없다. 하지만 그 과정에서 쌓인 내공으로 잘하는 일을 찾을 수 있다.

다양한 경험이 중요하다고? 그래, 충분히 알겠다.

문제는, 무언가를 시작하는 습관이 몸에 배어 있지 않은 사람들의 경우다. 아가리들은 그 첫 단추를 꿰는 것부터 너무 어렵다. 운 좋게 좋아하는 일을 찾더라도 강력한 귀차니즘이 실천을 방해한다.

일단 시작해보자. 그다음은 자연스럽게 흘러가게 되어있다. 실천도 능력이기 때문에 자꾸 쓰다보면 익숙해져서 늘게 된다. 이제부터 내 인생의 그림은 내가 꼴리는 대로 한번 색칠해보자. 남들의 가이드는 참고만 해라. 몇 번 덧칠하는 한이 있어도 일단 내 느낌대로 해봐야 나중에 후회가 없지 않겠나?

## 힘들 땐 잠시 쉬어가도 된다,
## 낭만으로 포장하지만 않으면

내가 뭘 해야 할지, 무엇을 좋아하는지 잘 모르겠지만 이대로는 안 되겠다 싶어 되는 대로 발버둥을 쳐본다. 그러나 방향성 없는 발버둥은 힘만 소진할 뿐이다. 이제는 정말로 조금도 허우적댈 힘조차 없는 것만 같다.

번아웃이다.

한 것도 없이 번아웃이라니!

별로 열심히 한 것도 없이 번아웃에 빠져버리니 더 큰 좌절과 마주할 수밖에 없다. 아니, 번아웃이 맞기는 한가? 그건 뭐라도 죽어라 하다가 느끼는 것 아닌가? 그건 잘 모르겠고, 그냥 영양액 같은 거나 주사 맞으면서 평생 이불 속에 누워나 있었으면 좋겠다.

몸과 마음이 모두 지쳐 번아웃이 오면 어떻게 해야 할까? 이미 그나마 있지도 않은 온 힘을 다 쏟아부었기에 '실패를 밑거름으로 성장하라'는 말은 이젠 들리지 않는다.

실패하든 말든 내 인생이니까 이제 그냥 신경 *끄고* 혼자 잘 사쇼. 난 더 이상 못 해먹겠으니까!
결국 인생 레이스 포기 선언을 한다.

그러나 태어난 이상 우리의 레이스는 끝나지 않는다. 기어가든, 걸어가든, 달려가든, 왔던 길을 돌아가든 생은 계속되니 말이다.
우리에게 주어진 코스는 저마다 다르다는 것을 잊

지 말아야 한다. 1등을 가리는 게 목적도 아니다. 순전히 각자에게 주어진 길을 완주하도록 한다. 그렇기에 우리가 얼마든지 선택할 수 있는 옵션이 있다. 바로, 중간에 쉬는 것이다.

휴식은 절대 죄악이 아니며, 오히려 완주를 위해 꼭 필요하다.

번아웃이 왔다면 일단 무조건 쉬어야 한다. '쉬다 보면 좋은 생각이 나겠지…'라는 생각조차 들지 않을 정도로 말이다. 휴대폰 배터리가 간당간당할 때 최대한 빨리 충전하고 싶으면 휴대폰 전원을 끄고 충전기에 꽂아 두어야 한다. 어떠한 잡념도 우리의 정신을 방해하지 못하도록 온전히 휴식에 집중해야 한다. '좀 쉬면서 이것도 하고 저것도 해봐야지!'라는 애매한 생각은 회복을 더디게 할 뿐이다.

그래도 체면이 있지. 쉴 거라는 말에 쏠리는 사람들의 관심은 편치 않다.

"돈은 좀 모아두고 쉬냐?"
"쉬는 동안 뭐 했냐고 물으면 뭐라고 하게?"

우리 곁에는 우리의 돈과 취업을 '걱정'해주시는 분이 참 많다. 쉰다고 하면 쏟아지는 그 수많은 관심에 둘러싸여 뭔가 패배자가 되는 것 같은 찜찜한 기분이 든다. 급하게 그럴싸한 포장지를 덧댄다.

낭만!

그래, 나는 일상의 지루함에서 벗어나 낭만을 찾아 떠나는 '용기'를 낸 거다. 나처럼 용기를 내기도 쉽지 않지.
'안녕히 계세요, 여러분! 전 이 세상의 모든 굴레와 속박을 벗어던지고 떠납니다!'

그렇지만 나도 안다. 다 쉬고 싶어서 한 행동이라는 것을.
휴식의 목적은 평생 산속으로 들어가 자연인으로

TV에 나오는 게 아니다. 단지 지금 몸과 마음이 너무 힘들어서. 더는 움직일 힘이 없어서 쉬고 싶을 뿐이다. 일주일, 아니 1년이면 뭔가를 해볼 힘이 다시 생겨날 것만 같다.

다시 말하지만, 휴식은 나쁜 것이 아니다.

인생이란 긴 레이스를 어떻게 계속 달리기만 하면서 갈 수 있겠는가. 오버 페이스가 오지 않게 적절히 조절해야 레이스를 이어갈 수 있다. 등 떠밀리듯 숨가쁘게 이어온 이 레이스도 결국 내 의지로 얼마든지 멈출 수도, 다시 달릴 수도 있다는 것을 명심하자. 쫄지 마라. 잠시 앉아서 주위를 둘러본다고 당장 이 레이스가 끝나는 것도 아니다. 오히려 내가 가는 코스가 어떻게 생겼는지, 주위 풍경은 어떤지 보면서 호흡을 다듬을 수 있다. 게다가 어떤 방향으로 가는 게 좋을지 알게 되는 절호의 기회가 될 수도 있다.

그러니 삶의 목표를 산속에서 짱돌 된장찌개를 끓여 먹고사는 걸로 바꾼 게 아니라면 우리는 '쉰다'는 것에 솔직해질 필요가 있다. 휴식에 대한 자책이나 남들의 시선으로부터 벗어나 오로지 빠르게 회복하는 것에만 집중하는 쪽이 더 현명한 선택이다.

우리의 몸과 마음은 기계가 아니다. 기름칠을 하고 부품을 바꾼다고 해서 뚝딱 고쳐지지 않는다. 진정한 회복을 위해서는 시간이 필요하다. 치유의 시간 없이 우리 몸은 회복되지 않는다.

레이스 도중에 삐끗하는 바람에 다쳤는가? 아픈 것보다도 쪽팔려서 포커페이스를 유지했나? 달리는 도중에 다치는 것은 일상다반사다.
다친 부위를 드러내지 않고 낭만으로 가린 채 치유를 차일피일 미루면 상처는 덧나기 마련이다.

힘들 땐 쉬어도 된다. 아니, 쉬어 가야 한다.
무엇보다 잘 쉬어야 한다.

잠시 오른쪽 아래 페이지를 한번 보자. 놀랍게도 벌써 100쪽을 넘어갔다. 숫자를 1부터 100까지 그냥 센다고 해도 꽤나 좀이 쑤시는 일인데 고생했다.

만약 여러분의 올해 버킷리스트에 '책 100페이지 읽기'가 있었다면 달성을 축하한다.

이대로만 가면, '책 한 권 읽기'라는 목표 하나를 더 이룰 수도 있다. 당신이 정한 목표가 있다면 이렇게 하나하나 조금씩 이루어가면 된다.

레벨 3, '힘들 땐 잠시 쉬어가도 된다'를 함께 잘 지나왔다. 이제는 한 단계 업!할 시간이다. 다음 페이지부터는 본격적으로 '아가리 탈출 대작전'을 수행해보고자 한다.

그 전에 먼저, 잠시 힘을 모으는 시간을 가져보자.

화장실도 다녀오고 물도 한 잔 마시고 아가리 탈출을 수행하기 전 잠시 숨을 돌려보려 한다.

자! 쉬는 시간.

일     어     나     ,

Level 4.

# 아가리
# 탈출 대작전

실 천 할  시 간 이 야 !

# 아가리로 남아 있는 이유

## ⸱⸱가짜 뿌듯함의 함정

암을 치료하기 위해서는 암 덩어리 자체를 제거해야 한다. 진통제로 잠깐의 고통을 잠재웠다고 해서 암이 근본적으로 치유된 것은 아니다. 우리 아가리들은 대개 마음속에 '나태함'이라는 암을 가지고 산다. 이 암덩어리가 우리를 아가리로 머물게 하고 삶을 힘들게 만든다는 것을 알고 있다. 하지만 이를 제거할 의지나 용기가 부족하다. 그래도 아픈 것은 싫으니 진통제를 지속적으로 복용한다. 거짓 뿌듯함이라는 진통제를 말이다.

수험생 시절, 인터넷 강의를 한 번쯤은 수강해봤을

것이다. 한 단원을 끝낼 때마다 올라가는 진도율은 마치 나의 내공도 레벨 업! 하는 것 같은 뿌듯함을 준다. 진도율 100%를 찍고 나면 내 점수도 올라갈 것만 같았다. 그러나 그 숫자가 나의 이해도를 뜻하지는 않는다. 그저 '나 오늘도 공부했다!'고 느끼게 만드는 거짓 뿌듯함이다.

　책을 읽을 때도 마찬가지다. 우리는 책을 읽으면서 새로운 무언가를 깨닫는 중이라고 생각한다. 책을 다 읽을 때쯤이면 비로소 진정한 '현대 사회의 지성인'으로 거듭날 수 있을 것만 같다. 그러나 책을 '잘' 읽는 것이 아닌 '다' 읽는 것을 목표로 삼지는 않았는가? 행간의 의미를 이해하기보다는 어릴 적 동네 속독학원에서 경쟁하듯 서둘러 페이지를 넘기기 급급했다. 책을 덮으며, 한 권 다 읽었다! 하고 올해 독서량이 늘어난 뿌듯함에 젖는다. 하지만 막상 연말이 되면 그 책 내용은 하나도 기억나지 않는다.

　행복을 위해서 뿌듯함이라는 감정은 굉장히 중요하

다. 그러나 거짓 뿌듯함에 속지 말자. 인강을 틀어놓고 유튜브를 보거나 속독학원에서 선생님 눈치를 보며 눈알만 빠르게 굴렸던 방법으로는 아가리에서 벗어날 수 없다. 진통제만 먹어서는 암 덩어리를 없앨 수 없듯, 거짓 뿌듯함으로 애써 외면한 나태함은 우리 아가리 안에 그대로다. 우리 몸을 지배하는 이 근본적인 나태함으로부터 벗어나 무언가를 이루고 성취하려면 끊임없이 시도해야 한다.

비록 당장 조금은 더 힘들고 성과가 더디게 보이더라도 말이다.


그런데, 정말로 발전을 위한 시도를 하고 있기는 한가?

아니면 뿌듯함이라는 달콤함에 속고 있는가?


성장통의 쓴맛은 뒤로한 채, 오늘도 가짜 뿌듯함이라는 달콤한 토핑을 얹어가며 나를 망가뜨리고 있지는 않은가?

## 내 노력에는 즉각적인
## 보상이 주어지지 않는다

아니 그러니까, 노력은 상대적인 거라니까?

각자 얼마나 열심히 노력하는지는 아인슈타인의 상대성 이론만큼이나 상대적이다. 하지만 노력의 양과 상관없이 변하지 않는 진리가 있다.

"노력은 배신하지 않는다!"
우리가 노력을 배신할 뿐!

그렇다면 우리는 왜 노력을 배신할까? 노력은 밀당의 고수다. 우리가 아무리 세게 당겨도 쉽게 끌려오지 않는다. 보상을 줄 듯 말 듯 애태우는 그 상태에 지쳐 대부분 등을 돌린다. 노력은, 정성을 들여 꾸준히 당긴 자에게만 비로소 한 발자국 다가온다.

다시 말해, 노력에는 즉각적인 보상이 이루어지지 않는다.

다이어트를 할 때도 마찬가지다. 1시간 동안 열심히 운동해서 체지방 1kg이 빠진다면 누구나 열심히 운동할 것이다. 하지만 현실은 그렇게 쉽지 않다.

퇴근 후 피곤한 몸을 이끌고 피트니스 센터로 가서 열심히 운동을 한다. 스트레스를 받을 때마다 먹던 피자, 치킨, 떡볶이도 당분간 안녕이다. 나의 불금을 책임지던 술 약속도 당분간은 없다. 일주일 뒤, '몸무게가 얼마나 빠졌을까?' 기대를 가득 안고 체중계에 올라선다.

기대에도 무게가 있나?

엄청난 기대를 안아서 그런지 내 몸무게는 그대로다. 트레이너는 체지방이 빠지고 근육이 늘어서 그렇다고 말하지만 체지방도 거의 그대로다. 열심히 노력했다고 생각했는데 아무런 변화가 없다니. 밀려드는 회의감에 모처럼 불타오르던 내 열정도 휩쓸려 간다. 다이어트 포기.

"에이, 겨우 일주일 하고서는 변화를 바라면 도둑놈 심보지!"라며 비난할 사람도 있을 것이다. 그렇다면 각자 연초에 세웠던 계획을 보고 오자.

노력을 끝까지 믿어가며 노력 중인가?

아니면 노력을 배신하고 그저 이루어지기만을 바라며 도둑놈 심보를 가지고 있지는 않은가?

무엇이든 꾸준히 실천하려면 노력이라는 녀석의 콧대가 아주 높다는 걸 받아들여야 한다.

노력은 배신하지 않는다. 언젠가 큰 보상을 가지고 우리에게 올 것이다. 그러니 믿고 과정을 즐기자!

하지만 아가리들에게는 참 쉽지가 않다.

## ·· 상상력 때문에

21세기 인류는 상상력이라는 강력한 무기로 새로운 문명을 만들어내고 있다. 과거에 며칠씩 걸려 서신으로 소식을 주고받던 시대는 갔다. 이제는 실시간 카톡으로 대체됐다. 우주선, 스마트폰, 자동차, 냉장고 등 우리가 당연하다고 느끼며 누리고 살아가는 모든 것이 실은 상상력의 산물이다.

하지만 때로는 이 상상력이 실천을 방해한다. 앞에서 말했듯, 실패를 두려워하는 사회문화 때문에 아가리들은 실패한 모습을 먼저 상상한다.

"어차피 지원해도 떨어질 텐데 서류는 내서 뭐해?"

취준생들 중에는 결국 떨어질 것이라는 생각에 입사 지원조차 하지 않는 사람이 있다. 취업을 위해서는 입사 지원서를 작성하는 일이 먼저다. 하지만 상상력은 늘 실패의 쓴맛을 다시금 생생히 느끼게 해서, 이번에는 나의 차례였을지도 모르는 합격 기회를 날려버린다.


우리 아가리들은 정말 독창적이다. 같은 환경에서 각자 다르게 사고한다. 누구는 실패할까 봐 겁을 먹고 도전하지 않으며, 누구는 실천하고 노력해서 성공하더라도 큰 보상이 주어지지 않을 거라고 생각해 지레 포기한다. 항상 실천을 거부할 새롭고 합리적인 이유를 창조해낸다.

직장인들은 천정부지로 올라간 집값을 바라보며 앞으로 수십 년 동안 직장을 다녀도 내 집 마련이 불가능할 것 같다는 상상을 한다. 이런 생각으로 괜히 우울해지고 의욕도 사라진다. 1년도 일하기 힘들었는데 30년 동안 이 고생 해봤자 가진 게 없을 것 같다. 아무것도 하지 않고 안분지족하는 삶을 살기로 한다. 그렇게 모든 것을 내려놓고 실천을 포기한다.

에디슨이나 엘론 머스크처럼 아가리들 역시 상상력이 뛰어나다.

다만 누군가의 상상력이 세상을 바꾸는 데 쓰인 반면, 우리 아가리들의 상상력은 오늘도 최선을 다해 인생의 발전을 막고 있다.

## 실천해본 경험이 없는데요?

새로운 모험은 늘 겁난다. 한 번도 가본 적 없는 길에는 어떤 위험이 도사리고 있을지 모른다. 아가리들은 본능적으로 생존하기 위해 여러 경우의 수를 탐색한다.

새로운 일을 시도하는 것도 비슷하다. 두렵기 때문에 '내가 할 수 있을까?'라고 생각하며 스스로를 의심한다. 그렇게 우리 아가리들은 끝내 실천하지 못한다.

그러나 누군가는 지금도 꾸준히 실천하며 성공을 이루어간다.

실천을 통한 성공 경험.

이것이 성패를 가르는 열쇠다.

열심히 노력해서 성공을 맛본 사람들은 금세 다음 목적지를 향해 또 달려간다. 그건 그 사람들 얘기고, 대개는 해본 적이 없으니 실천하지 못한다. 그리고 이번에 못 했으니 다음에도 못한다. 아무것도 하지 않아서 결국 아무것도 못한다.

못하는 이유가 뭐냐고? 백 가지쯤 5분 안에 댈 수 있다.

성패를 가르는 가장 큰 차이는 실천해본 경험의 여부다. 실천하고 성공한 경험은 그다음 시도로 이어진다. 해본 적이 없으니 실천하지 못하고, 이번에 못 했으니 다음에도 못 한다. 아무것도 하지 않는 나의 모습을 가리기 위해 하지 못하는 이유들을 찾아 나를 감춘다.

우리가 전국의 헬스장에 매년 돈을 기부하는 것도 비슷한 맥락이다. 매해 1월, 헬스장에는 출근길 2호선 열차처럼 발을 디딜 틈이 없다. 다들 새해부터 건강 관리를 열심히 하는가 보다. 하지만 우린 알고 있다. 너도나도 한 달이 지나기 무섭게 헬스장에 두고 온 신발을 언제 가지러 가야할지 고민할 거라는 것을. 지금 환불하면 얼마나 받을 수 있는지 인터넷을 뒤적거리면서 말이다. 안 가는 게 아니다. 도저히 못 가는 것이다.

'못' 갈 이유를 만드는 것은 너무나 쉽다.
'오늘은 시험 끝났으니까 제낀다!'
'어제 회식했으니까 오늘은 운동하면 토할 수도?'
'오늘은 인간적으로 너무 춥다!'
'근육 형들 너무 무서워…'
'날씨가 너무 좋은데? 이런 날 헬스장이라니!'

그래. 실은 '못' 가는 게 아니라 '안' 가는 거다. 요즘 같은 코로나 시국은 운동 '못' 나가는 이유를 만들기도 딱 좋다.

그렇지만 지금도 누군가는 홈트하면서 열심히 실천력의 1RM을 올리고 있다. 결국 할 놈은 어떻게든 한다.

## ˝그리고 또 수많은 뻔한 이유들

체력이 달려서, 노력하는 과정이 생각보다 재미가 없어서 꾸준히 실천하지 못한다. 그 외에도 계획을 수포로 만들었던 수많은 '뻔한 이유'가 있다.

꾸준히 노력하면 성공할 수 있다고? 하지만 주위에 성공한 사람은 생각보다 그리 많지 않다. 꾸준히 실천하는 것은 정말로 어려운 과정인가보다. 이번 장을 읽으며 공감하는 사람들도 있었을 거다. 반면 '지들은 얼마나 잘났다고 이렇게 훈수를 두는 거야?'라고 생각하며 불편함을 느끼는 사람도 있을 것이다.

다시 말하지만 이런 글을 쓴 우리 역시 대한민국 대표 아가리들이다. 우리도 다양한 핑계를 대며 밥 먹듯이 실천을 포기하고 미뤘다. 그냥 그때 포기하지 말고 계속할 걸, 수없이 후회한다.

하지만 낡아 녹슬지 않고, 열심히 살면서 닳아 없어지고 싶다. 방법을 찾기 위해 고민했고 시행착오를 겪어왔다. '어떻게 하면 아가리를 벗어날 수 있을까?'라는 물음을 달고 살았다. 그러는 동안 가끔은 알 듯 말듯한 아이디어가 떠오르기도 했다.

핵심은, 실천력의 부재를 해결해야 한다는 것이다.

# 아가리 탈출 준비

## ·· 자기 연민은 이제 그만

몇 해 전부터 한국에는 수저계급론이 유행하고 있다. 금수저부터 흙수저까지 다양한 계급이 존재한다. 나는 흙수저인 것 같다. 이제야 학자금 대출을 다 갚아가는데, 주위 친구들은 벌써 집도 마련하고 좋은 차도 샀다. 잘나가는 다른 친구들과 비교하다 보니 우울 속으로 빠져든다.

천석꾼은 천 가지 걱정, 만석꾼은 만 가지 걱정이라고 가진 게 많아지면 또 새로운 걱정을 하게 된다고 누군가는 말한다. 하지만 천 가지 걱정을 하더라도 천

석꾼이고 싶다. 일단 돈이 많았으면 좋겠다. 세상을 살아가며 생기는 걱정들이 돈으로 해결되는 것을 봐왔기 때문이다.

생각이 많아지고 힘든 날이면 인생이 허무하게 느껴진다. 내가 세운 목표들이 덧없이 느껴진다. 이뤄봤자 결국 초라한 인생이 계속되는 것은 아닐까 하는 생각이 들어 아무것도 하고 싶지 않다.

그래서 가끔 서점에 들러 힐링북을 찾는다. 나만 힘든 게 아니라는 것을 확인하고 싶어서. 나의 힘든 상황에 공감을 얻기 위해서. 그러고는 스스로를 계속 불쌍하게 여기고 '게을러도 괜찮다'고, '아무것도 하지 않아도 괜찮다'고 되뇐다.

'난 정말 불쌍한 녀석이야…'
역시 힘들고 우울할 때는 자기 연민만 한 게 없다.

동정으로 마음이 달래지지 않으면 원망할 대상을 찾는다. 내가 지금 불행한 것은 내 탓이 전혀 아니라 주변 사람이나 환경 때문이라고 생각한다. 원망의 화살은 부모님에게도 향한다.

'우리 부모님이 서울에 집이라도 샀더라면…'

'어릴 때 유학도 좀 보내주고 했으면 구글 들어가서 떵떵거리고 살지 누가 알아?'

그래, 좋다. 환경도 열악하고 과거에 불행했다고 치자. 너무나 안타깝다. 그런데 앞으로도 평생 그 안타까움에 빠져서 가만히 있는 걸 합리화하며 살 순 없지 않은가?

과거의 불행을 이유로 미래를 개척하는 것을 거부하고 계속 원망만 할 것인가? 스스로를 동정하고 누군가를 원망해도 바뀌는 것은 아무것도 없다.

내가 개인의 사정이나 상처 따위는 신경 쓰지 않는 냉혈한 같은가? 그래도 어쩔 수 없다. 자기 연민을 통해 얻은 위안과 평화는 일시적일 뿐이다. 더 이상은 불행하고 싶지 않기에 현실을 직시하자는 것이다.

누구보다 스스로를 위해서.

힘든 일을 겪고 마음의 상처가 생기면 위로도 필요
하고 휴식도 필요하다. 하지만 자기 연민을 시작하면
과거에서 절대 벗어날 수 없다. 어제는 이미 지나가고
없는 시간이다. 진정 변화를 원한다면, 진짜로 더 나은
삶을 살고 싶다면 오늘과 내일에 집중해야 한다.

지금 이 순간부터 아가리에서 벗어나보자.
밥을 먹기 위해서는 밥을 떠야 한다.

우리의 수저가 빛나지 않는다고 해서 긁을 수는 없
지 않은가?


## ·· 시작하기에 늦은 나이는 없다

1962년, 영국과 프랑스는 함께 세계 최초의 초음속
여객기인 콩코드를 개발하기 위해 10억 달러를 투자

했다. 콩코드는 기존 여객기에 비해 탑승객 수도 적었고 연료도 더 많이 소모했다. 빠르지만 경제적이지 않은 콩코드는 승객들에게 사랑받지 못했다.

이는 지속적인 적자로 이어졌지만 영국과 프랑스는 콩코드를 포기하지 않았다. 실패를 인정해야한다는 부담감 때문이었다. 그러다 2003년, 누적된 적자로 인해 결국 콩코드기는 운항이 중단되었다. 콩코드 이야기는 경제학에서 '매몰 비용'을 설명하기 위해 대표적으로 거론된다.


어후, 못 해먹겠어.
나 진짜 다음 달에는 퇴사할 거야!


스스로의 진로에 만족하지 못하는 사람들이 있다. 이들은 뒤늦게 새로운 흥미나 재능을 발견해도 쉽게 도전해보지 못한다. 지금까지 해온 게 아까워서다. 어렵게 선택한 전공도 이제 와서 바꾸려니 투자한 돈과 시간이 아깝다. 다니던 직장을 그만두자니 쌓아온 경력을 무너뜨리는 것 같아 용기가 나지 않는다. 그래서 새로운 도전을 포기하고 하던 일을 계속한다.

아니, 할 거야.
퇴사할 건데, 일단 올해까지는 채워보고.

오늘도 아가리만 턴다.

콩코드 이야기는 매몰 비용이 두려워서 변화를 포기하면 더 큰 손해가 온다는 것을 에둘러 말해준다.
이와 정반대로 나이 따위는 전혀 신경쓰지 않고 새로운 일에 도전하는 사람들도 있다. 수능 때가 되면 만학도를 인터뷰한 영상이 심심찮게 보인다. 요새는 유튜버가 되어 새로운 삶을 시작한 어르신들도 어렵지 않게 볼 수 있다.
새로운 도전을 하고 싶지만 늦었다는 생각이 들 때가 많다. 근데 늦었다는 게 대체 무슨 기준인가? 나이? 결혼? 아니면 정년퇴직?
아무도 정확하게 답할 수 없다. 도전하지 못하겠다며 합리화하는 이유로 '늦었다'는 말을 쓸 뿐이다.

도전할 용기가 없는 게 진짜 문제다.

늦었다는 것은 허상일 뿐이다. 우리는 매 순간 선택을 통해 새로운 기회를 잡을 수 있다. 그러니까 늦었다는 걱정은 잠시 접어두고 도전해보자. 시작하기에 늦은 때란 없다. 우리 앞에는 선택의 순간과 변화할 미래만 있을 뿐이다.

누가 알겠는가? 지금이 인생 최고의 선택을 하게 되는 순간일지. 그리고 온 우주의 기운이 당신을 도와줄지.

행운의 여신에게는 만 가지 얼굴이 있다.

## 실패라 쓰고 성장이라 읽는다

짝사랑하던 사람에게 고백해서 차인 경험 한 번쯤은 있을 거다. 없다면 정말 부럽다. 좋아하는 사람에게 거절당하면 세상을 잃은 것 같은 슬픔이 느껴진다. 친구로라도 지낼 걸, 하는 후회부터 시작해 때가 아니었다는 자기 합리화까지 많은 생각이 든다. 실컷 후회해라. 시간이 지나면 생각보다 즐거운 추억으로 남는다.

사랑에 실패하게 된 데는 여러 이유가 있을 것이다. 내가 정말 별로였을 수도 있고, 서로를 알아가는 과정에서 실수가 있었을지도 모른다.

주변에는 연애 고수 한 명쯤은 꼭 있다. 천상계의 피지컬을 소유한 극소수도 아니다. 정기적으로 나와 못생김 대결을 하는 내 친구 호나우딩요는 여심 저격수다. 딩요의 연애 공백기는 늘 길지 않다. 무엇이 외모 최하위층을 담당하는 우리 둘의 연애 성적을 이토록 다르게 만든 것일까?

야, 개는 너랑 다르지. 유머러스하고 세심하고 여자 마음도 잘 알아.

헤어지고 나면 늘 어떤 점이 미숙했는지 생각하고 연구한다더라. 노력이 중요하지 생긴 게 다가 아니라니까? 개랑 사귀었던 애 말로는 한때 좋았을 땐 개 잇몸까지도 사랑스러워 보인다더라.

그랬다. 딩요에게 사준 위로주만 족히 한 트럭은 되었던 것 같다. 늘 이별 뒤 아픔을 술로 달래는 줄로만 알았던 딩요는 매번 실패의 이유를 찾으며 성장해나가고 있었던 것이다. 연애뿐만 아니라 인생에서도 마찬가지다. 실패에서 문제를 찾고 해결하려 노력한 사람들은 지금도 성장 중이다.

딩요는 지금도 연애를 하고 있다. 침대에 누워 베개를 적시고 이불만 찼던 나와 딩요는 많이 달랐다.

이별의 이유가 무엇이었든 그 실패 내에서 원인을 파악하고 다음번에 더 잘하면 된다. 연애 실패는 슬픔과 상처를 남기지만 실패를 딛고 성장하면 된다는 이 진부하면서도 위대한 진리는 일을 할 때에도 적용된다.

내 친구 무리뉴는 영업왕을 꿈꿨다. 대규모 거래를 성사시키기를 간절히 바라며 5년간 영업 직무에 몸담으며 성공을 향해 달렸다. 하지만 자신보다 실적이 높은 사람들과 비교당하는 것이 그에게는 스트레스로 다가왔고, 결국 회사를 그만뒀다. 그러고는 별로 관심을 두지 않았던 마케팅 직무 담당자로 재취업했다. 새로운 회사에서 무리뉴는 생각보다 업무에 빨리 적응했다. 그가 기획한 상품은 높은 매출을 기록했고 그는 단기간에 회사 내 핵심 인재로 인정받고 자리잡았다.

그러면 무리뉴가 영업 직무를 했던 5년은 시간 낭비였을까? 그의 결정을 실패했다고 할 수 있을까?

시간이 조금 아깝다고 생각할 수 있지만, 무리뉴는 오히려 그 시간 덕분에 마케터로서 성공할 수 있었다. 영업 일을 하면서 고객과 소통하며 고객이 원하는 것이 무엇인지를 알아채는 통찰력을 얻을 수 있었기 때문이다.

실패라고만 생각하고 계속 좌절한 채 산다면 아무것도 하지 못할 것이다.

실패의 늪에 빠졌더라도 그 안에서 성장하고 잘할 수 있는 일을 찾아보자. 그러면 그동안 쌓아온 당신의 노력과 능력이 우리를 늪 밖으로 끌어올려줄 것이다.

중요한 것은 경험이다. 일단 시작해보자.
실패도 해보자. 실패를 먹고 성장하면 그만이다.


## 무기력을 벗어나게 할 시동 버튼

학습된 무기력(Learned helplessness)이라는 개념은 심리학자 마틴 셀리그만의 개 실험에서 나왔다. 셀리그만은 개를 세 집단으로 나눠 실험을 진행했다.


첫 번째 집단 : 전기 충격을 받지만 개가 코로
　　　　　　　판자를 누르면 전기 충격이 중단됨
두 번째 집단 : 전기 충격을 받지만 개가 어떠한
　　　　　　　노력을 해도 전기 충격을 멈출 수 없음
세 번째 집단 : 아무런 충격도 가하지 않음

서로 다른 자극을 받은 세 집단의 개들은 24시간 후 다시 실험 상자 안으로 들어갔다. 실험 상자는 칸막이를 경계로 전기 충격이 가해지는 구역과 이를 피할 수 있는 구역으로 나뉘었다. 첫 번째와 세 번째 집단의 개들은 칸막이를 넘어 전기 충격을 피했다. 이와는 달리, 두 번째 집단의 개들은 구석에 웅크린 채 저항하지 않고 전기 충격을 받았다. 이 개들은 이전의 실험에서 어떠한 노력을 해도 전기 충격이 멈추지 않는다는 것을 이미 '학습'했다. 이에, 스스로의 의지로는 아무것도 바꿀 수 없다고 생각하게 되어 전기 충격을 피하기 위한 어떠한 노력도 하지 않았다.

　우리도 실패를 반복하다 보면 무기력이 몸에 밴다. 주위에서는 의지와 근성이 약해서 그렇다고 말한다. 그러나 잦은 실패를 겪으면 아가리들뿐만 아니라 누구든 무기력의 늪에 빠질 수 있다.

　'서울대생도 이등병 때는 얼탄다.'

'얼타다'라는 말은 어떻게 해야 할지 모르고 우왕좌왕한다는 뜻의 은어. 이 말은 특히 군대 문화에 익숙하지 않은 훈련병이나 이등병 때 흔히 듣는 말이다. 서울대생이라고 의지가 다 강한 것은 아니겠지만, 그들은 대학 입시 레이스에서 분명 평균 이상의 근성을 보여주었다. 하지만 그들도 이등병이 되면 얼타게 마련이다. 엄친아 메시에게도 처음 2주의 신병 보호 기간이 끝나고 사냥의 시간이 찾아왔다.

메시의 하루는 갈굼으로 시작해서 갈굼으로 끝났다. 관물대 청소는 몇 번이나 해도 늘 먼지가 발견되었고, 활동화는 늘 선임의 맘에 들지 않게 놓여 있었다. 파리마냥 손등을 비벼가며 만든 모포의 각은 늘 선임의 '취향'과는 거리가 멀었다. 과연 선임이 원했던 각도가 세상에 있긴 했을까?

이등병 시기에는 혼나는 게 일상이다. 그래서 아무리 의지가 강한 사람이라도 이등병 때는 위축되기 쉽다. 첫 휴가를 나온 메시는 어딘가 모르게 움츠러든 모습이었다. 마치 전기 충격을 피하는 것마저 포기한

개처럼 말이다. 메시는 나름대로 노력해봤지만, 후임 기죽이기가 목적인 선임 앞에서는 모두 무용지물이었다. 이젠 일상적으로 하던 일마저도 제대로 하지 못할 것 같은 기분이 든다고 말했다.

누구나 본인의 의지만으로 무기력에서 벗어나는 게 어려운 상황에 처할 수 있다. 군대가 아니어도 말이다. 한 번 경험한 무기력은 몸속 세포 구석구석 빠르게 확산된다. 무기력을 경험하고 나면, '나는 결국 아무것도 할 수 없어'라는 생각이 삶을 지배하게 된다. 그래서 무기력함을 떨치기 위해 갈릴레이마냥 사고 실험을 해본다. 그러나 갈릴레이의 실험에서 발견된 것은 관성이 아닌가? 이미 무기력에 지배당한 몸, 이 실험의 결과는 대부분 실패로 이어진다. 무기력함을 가진 채로는 무기력함의 관성이 작용해 결국 무기력이 가중될 뿐이다.

그 이후의 군 생활을 이야기하기에 앞서, 잠시 커트 리히터(Curt Richter)의 들쥐 실험을 소개하겠다.

들쥐들은 물에 빠지면 평균적으로 60시간을 헤엄치며 버틸 수 있다. 들쥐를 대상으로 물에 빠뜨린 실험에서 개체의 반응을 보자. 먼저, 60시간가량 헤엄친 개체가 있는 반면, 몇 분 만에 헤엄치는 것을 포기하고 물속으로 가라앉는 개체도 관찰되었다. 이번에는 쥐들을 한 번 물에 빠뜨렸다가 구해준 뒤 다시 빠뜨렸다. 그러자 모든 쥐들이 끝까지 헤엄치며 살아남기 위해 노력하였다.

이런 행동의 변화는 '헤엄치면 살 수 있다'라는 생각을 하게 되었기 때문에 일어난다. 다시 말해, 내가 미래를 통제할 수 있다는 '인식의 전환'이 있었기에 가능했다.


한번 구조된 들쥐처럼 메시 역시 성공적으로 군 생활을 마무리할 수 있었다. 남들 다 받는 훈련이었지만 메시는 이를 인식 전환의 계기로 삼았다. 무사히 훈련을 수료하는 것을 일상적인 경험이 아닌 특별한 성공의 순간으로 받아들여 다시 자신감을 회복했다. 이 원리는 모든 일상생활에 적용할 수 있다.

별 것 아닌 일도 큰 성공이라고 의미를 부여하는 작은 인식의 전환은 무기력의 늪에 빠진 우리가 다시 앞으로 갈 수 있도록 시동을 걸어줄 것이다.


## ·· 누구에게나 그럴싸한 계획은 있다.


"누구나 그럴싸한 계획을 가지고 있다. 한 대 처맞기 전까지는."


위대한 복싱 선수 마이크 타이슨의 말이다. 아가리들에게도 꽤 그럴싸한 계획이 있다. 최근 비대면 사업이니 빅 데이터니 하는 것들에 발맞춰 코딩을 배워보려는 사람이 많다. 너도나도 개발자가 되는 꿈을 꾸지만 현실은 오늘도 이불 속이다.


"선생님, 우리 애는요. 머리는 좋은 것 같은데 게을러서 노력을 안 해요. 실천만 좀 하면 뭐든 잘 할 것 같은데 실천을 안 하네요."

우리 아가리들은 오늘도 부모님에게 희망고문을 한다. 부모님은 언제라도 온천수마냥 터질 것 같은 나의 포텐을 이십 년 넘게 기다리고만 있다.

실천력은 사실 승패를 가르는 핵심 능력이다. 불행하게도 아가리들에게는 이 핵심 능력이 부족하다. 그래도 좌절하긴 이르다. 실천력은 노력을 통해 발달시킬 수 있기 때문이다. 이미 우리는 그 방법을 알고 있기도 하다. 결국, 해답은 '꾸준함'이다.

꾸준하면 할 수 있는 거 누가 모르냐고?
진정하고 우리의 이야기를 들어달라.

우리 셋 역시 늘 할 일을 미루는 자신이 불만이었다. 이를 해결하기 위해 나름대로 고민도 한다. 그러다 '작은 성공'정도는 이룰 수 있게 도와주는 소소한 꿀팁들이 생겼다. 그래서 각자의 꿀팁을 합쳐서 소개해보기로 했다.

아가리들은 각자에게 맞는 실천 전략을 찾지 못한 불쌍한 영혼의 소유자들이다. 이럴 때일수록 서로 단결해야 그나마 이 각박한 세상에서 살아갈 수 있다.

막상 이 꿀팁들은 이미 어디선가 한번은 들어봄 직한 얘기들일 것이다. 그럼에도 분명 아가리들 모두에게 도움이 될 거라 생각한다.

만약 플라톤이 전에 이미 소크라테스가 이야기한 것과 똑같은 말을 한다고 생각해보자. 과연 플라톤의 얘기를 듣고 이제껏 얻지 못했던 깨달음에 이르게 될 확률이 높을까? 아니면, 어? 저거 저번에 소크라테스가 했던 말이지 않나? 라고 생각할 확률이 높을 것 같은가?

한때 성공한 사람들의 다양한 성공담을 즐겨 읽었다. 그 성공기를 읽다 보면 마치 내가 성공을 한 것 같은 짜릿함이 느껴졌다. 짜릿한 자극을 받을 때마다 뭔가 열심히 해야겠다는 느낌이 들어서 참 좋았다.

그러나 언제부터인가 성공담이 식상하게 느껴졌다.

읽으면 읽을수록 의욕적인 동기부여보다는 현실의 괴리감으로 나의 삶에 대한 불만족만 늘어갔다. 사람만 달랐지 결국 '끊임없이 노력하다 보니 성공하더라!'라는 식의 흐름이 천편일률적이라 느꼈기 때문이다.

'아니, 이런 뻔한 소리는 나도 하겠다. 뭐 서울대 간 사람이 교과서 위주로 열심히 공부했다는 말이랑 뭐가 달라?'

그러나 '뻔하다'는 것은 진리가 담긴 말이기도 하다. 소크라테스와 플라톤이 했던 그 비슷한 말들은 오랜 시간을 거쳐 결국 옳다고 증명되었다. 그들의 말을 뒷받침해주는 사례들과 역사적 사건들로 '진리'가 되었고, 이제는 뻔한 이야기처럼 남았다. 수많은 실험을 거쳐 가설이 검정되고 이론이 되듯, 이 뻔한 말 역시 수많은 성공 사례로 증명된 것이기에 한번쯤 짚어볼 필요가 있다.

다음에 제시할 '뻔한' 꿀팁 목록을 보며 스스로에

게 맞는 방법이 무엇일지 가늠해보기를 바란다. 어쩌면 이제껏 생각하지 못한 방법이 있을 수도 있고, 잊고 지내던 방법일 수도 있다. 혹은 이미 알고 있던 방법들을 정리해보는 기회가 될 수도 있다. 그러니 안심해라! 한번 본다고 해서 손해될 일은 없다.

잠깐, 꾸준한 실천력을 만드는 '절대 비법'을 기대했다면 미안하다. 아가리 모두는 다른 생각과 환경에서 살고 있다. 그렇기에 결국은 각자 자신에게 맞는 '개인 화기'를 가져야 한다고 생각한다. 100명 중 99명에게 적용할 수 있는 효과적인 실천력 증강 방법이 존재한다고 치자. 그렇다면 99명을 제외한 나머지 한 명은 어떻게 하나? 당신이 그 한 명에 해당되지 않으리라는 보장은 없다.

우리가 앞으로 이야기할 방법들은 '해보니 효과가 좋아서'가 아닌 '해봐서' 소개하는 것이다. 당신과 비슷한 고민으로부터 나온 우리의 답이 비록 정답은 아니지만, 당신만의 정답을 찾는 데에 좋은 참고가 되었으면 한다.

실천력이 0에 수렴하는 아가리 3인방.

우리가 그동안 어떻게 발버둥쳤는지 궁금하지 않은가? 아가리에서 탈출할 수 있도록 도와줄 방법에는 어떤 것들이 있을지 이제부터 본격적으로 살펴보자.

# 아가리 탈출 시도

## ·· 뇌를 속여라

뇌를 속이라니, 뭐 주문이라도 걸라는 건가? 실천력 올리는 법을 말해준다더니 또 뭔 시답잖은 소린가 싶을 거다. 일단 실천을 잘 하는 것과 뇌를 속이는 게 무슨 관계가 있나 싶을 수 있다.

데카르트는 말했다.

'나는 생각한다. 고로 존재한다.'

그렇다. 인간은 생각하는 동물이다. 그리고 그 생각은 우리의 뇌에서 이루어지지 않는가.

실천력이라는 것은 결국 무엇인가를 하고자 '생각'

하고 이를 실제 '행동'으로 옮기는 능력이다. 그렇기에 실천력의 밑바탕에는 무엇을 할 것인지, 또 그것을 얼마나 잘 해낼 수 있을지 하는 '생각'이 필요하다.

실제로 많은 책에서 이 '생각'이 실천에 중요한 역할을 한다고 말한다. '나는 잘할 수 있다' '나는 꾸준히 할 수 있다'는 식의 자기 암시가 도움이 된다고 한다. 실제로 부정적인 자기 암시는 심리적으로도 신체적으로도 문제를 일으킨다. 부정적인 생각은 또 다른 부정적인 생각을 불러와 우리를 우울의 늪에 빠지게 한다. 반대로 긍정적이고 확고한 자기 암시는 스스로를 일으키고 앞으로 나아갈 수 있는 힘을 준다.


실제로도 확고한 생각을 통해 성공적인 결과를 얻어낸 사람들이 있다.

2016년, 대한민국에 '할 수 있다' 신드롬을 일으킨 주인공 박상영 선수. 그는 리우 올림픽에 국가대표로 출전했던 펜싱 선수다.

13:9

결승 2라운드가 끝났을 때였다. 상대 선수는 금메

달까지 2점만을 남겨둔 상태였다. 누가 보아도 박상영 선수가 질 것 같은 불리한 상황이었다. 하지만 그는 되뇌었다. '할 수 있다, 할 수 있다.'

그렇게 박상영 선수는 한 점 한 점 점수를 따냈다. 믿기 어렵게도 14:14 동점 상황을 만들더니 끝내기 1점을 획득하며 승리를 거머쥐었다.

자기 암시를 통해 기적적으로 금메달을 획득한 박상영 선수의 모습은 인상적이었다. 이 일은 대한민국 국민들에게 '할 수 있다'의 힘을 보여주었다. 나 또한 깊은 감명을 받고 자기 암시를 적극적으로 적용해보기로 했다.

'사람 몸에 가장 해로운 곤충은 대충.'

모 연예인의 명언을 따라 내 인생의 좌우명도 바꿨다. 그러고 나서 스스로를 '열정만수르'로 설정했다. 가끔 결심이 흔들릴 때면 거울 속 평범한 외모의 '젊은 아저씨'가 된 나를 바라보며 '노력만이 살 길'이라는 것을 다시금 상기시켰다. 스스로를 돌아보며 내가 가진 조건들에 대해 냉철하게 판단하는 과정을 거쳐 나갔다.

결과적으로 나를 끊임없이 몰아세우는 이런 방법은 우리 셋 모두에게 맞지 않는 방법이었다. 뇌를 속이려는 시도는 자기 절제력이 뛰어난 사람에게나 효과가 있는가 보다. 우리는 자기 암시만큼이나 중요한 자기 절제력의 중요성을 간과했다. 노력해야지, 하는 의지는 가만히 있으려는 욕구를 항상 이겨내지 못했다. '생각'을 '행동'으로 옮기는 데에 실패한 셈이다. 이건 마치 평생을 북극에서 산 에스키모인을 불가마 사우나에 집어넣고 건강에 좋으니 '나는 덥지 않다'고 자기 최면을 걸며 버티라고 하는 것과 뭐가 다르겠나? 결국 에스키모인은 원활한 혈액순환과 노폐물 배출이라는 불가마의 효능을 경험하지 못하고 뛰쳐나가 아이스방으로 들어갔다. 이 에스키모인에게 '참을성이 없다'고 손가락질할 수 있을까?

우리는 게으른 뇌를 바꿀 수 없었다. 계속 지금처럼

나태하게 살다가 나태 지옥에 떨어지면 어떻게 하지? 다행히 아직 다른 방법이 남아 있다.

의외로 단순한 방법이다.

## ·· 루틴이라는 종소리

우리 주변에는 집중을 방해하는 것들이 너무 많다. 스마트폰 속 유튜브, SNS 그리고 늘 피곤한 나의 몸뚱이. 그러니 막상 계획해둔 일들을 앞에 두고서는 해야지 해야지, 하는 생각뿐이다. 오늘도 내 몸은 침대에, 눈은 유튜브 알고리즘의 결과가 내놓은 영상들을 향한다. 몸과 마음이 어수선한 느낌이 든다. 여기에는 새로운 것을 시작하기가 왠지 두려운 마음도 숨어 있다.

그래, 오늘은 날이 아닌 것 같다.
내일부터 꼭 해야지.

이런 경험 한 번쯤은 있지 않은가? 시험 전날 예의상 펼쳐본 책에 생각보다 재밌는 내용들이 있는 거다! 그러다 소위 '시험공부'라는 걸 하는 내 모습을 발견한 적 말이다.

아, 이럴 줄 알았으면 하루만 더 일찍 책상 앞에 앉을걸.

뒤늦은 후회가 밀려온다. 하지만 뜻밖의 내 모습을 발견한 것 같아 기분이 나쁘지만은 않다. 다음 시험 때는 조금만 더 일찍 시작하면 될 듯.

그렇다고 다음 시험을 미리미리 준비하지는 않는다. 하지만, 여기서 실천력 증강의 힌트를 발견할 수 있다. 실천하기 위해선 가만히 있기 좋아하는 나 자신에게 새로운 변화를 주어야 한다. 시험 기간에 '일단 책상 앞에 앉기'가 나의 나태한 정지 관성을 깨부수는 힘이 된 것이다.

이런 특정 행동을 정해두자. 그러면 새로운 일을 시작할 때마다 출발 신호로 이용할 수 있다. 파블로프의 개가 종소리만 들어도 침을 흘리게 되는 것처럼 '나만의 종'을 설정하는 것이다. 이것을 다른 말로 '루틴'이라고 한다. 실제로 많은 운동선수가 자신만의 루틴을 가지고 있다. 그리고 이 루틴을 이용하여 큰 기복 없이 경기력을 유지한다. 그만큼 루틴 설정은 실천력을 발휘하게 하는 강력한 요소다.

재택근무를 할 때면 침대에서 나가는 게 더 버거웠다. 세수도 하지 못한 채 잠옷 바람으로 노트북 앞에 앉기 일쑤였다. 이 상황에서 내가 효과를 본 방법이 있다. 바로 일을 시작하기 전 팔 굽혀 펴기 열 개를 하고 나서 샤워하는 것이다. 팔 굽혀 펴기 열 개는 사람에 따라서 꽤 버거울 수도 아주 미미할 수도 있다. 그러나 중요한 것은 운동량이나 강도가 아닌 나만의 루틴을 설정하는 것이다. 이 루틴을 마치고 나면 꽤나 상쾌해진 몸으로 정지 관성을 깨고 일을 시작할 수 있었다.

와중에 루틴 약발이 잘 듣지 않을 때가 있다. 책상 앞에 앉기는 했다. 그런데 오만 가지 생각이 꼬리에 꼬리를 물고 머릿속을 어지럽힌다.

'여기 앉아서 지금 뭐 하고 있나….'

'벽지에 붙은 저거 모기인가, 설마?'

갑자기 키보드 사이 먼지도 눈에 들어온다. 키보드 청소를 한번 할까? 이럴 때가 아니야, 하고 자신을 다잡아 보려고 애쓴다. 하지만 아까도 말했듯 난 절제력이 부족하다.

그럴 때 머릿속 잡생각들을 비워내기 위해, 일단 앞에 펼쳐진 책의 첫 장을 타이핑한다. 일종의 필사를 하는 셈이다. 그러다가 보면 어느샌가 여기저기 흩어졌던 티끌 같은 집중력이 나에게 모여든다. 이 집중력은 비록 태산이 되진 않지만 그래도 해야 할 목표를 실천할 정도는 된다. 이렇듯 루틴 두 가지만으로도 내 실천 능력을 올릴 수 있었다. 이렇게 오늘도 나는 조금씩 능력치를 +1 하고 있다.

이미 당신만의 루틴을 가지고 있다면 다행이다. 나 같은 의지박약형 인간에게는 이런 루틴이 굉장한 도움이 되었다. 루틴은 거창한 것이 아니다. 검지를 까딱

하고 움직이는 것은 얼핏 사소해보인다. 하지만 미세한 '까딱'을 위해서는 우리의 뇌는 뇌내 운동 영역에서 뉴런을 통해 손가락으로 신호를 보내는 대단한 과정을 거쳐야 한다. 무엇이 됐든 뇌를 자극할 루틴 한두 개쯤 가지고 있다면 목표를 달성하는 데 유용하게 사용할 수 있을 것이다.


## 일일 목표의 양을 30%로 줄이기

'시작은 창대하였으나 그 끝은 미약하리라.'

반대로 쓴 거 아니냐고? 아니다. 정확히 썼다.

과거의 나는 항상 처음부터 지나치게 큰 목표를 세웠다. 자격증 시험을 준비할 때도 어마어마한 계획을 세웠다. 하루 24시간 중 잠자고 밥 먹는 시간을 제외한 14시간 동안 공부해보겠다고 작정을 한 것이다.

'넉넉잡고 한 시간에 3페이지씩 14시간 보면 하루에 42페이지니까… 300페이지짜리 책은 1주일이면 뗄

수 있겠다! 앞으로 시험이 2주 남았으니깐, 이번 주에 하면 좋고. 늦어도 다음 주부터 시작하면 되겠다.'

기적의 계산법 덕분에 아무 준비도 하지 않은 채 시험은 일주일 앞으로 다가왔다.

'이제부터 하루 14시간 빡공 모드로 들어가면⋯음, 그래도 한 번 완독하고 들어갈 수 있네. 어쩌면 한 번 더 보고 들어갈 수 있을지도, 큭.'

14시간은 무슨, 좀이 쑤셔 4시간도 겨우 공부했다. 기적의 계산법에 존재하는 오류가 슬슬 느껴졌다.

'그래, 14시간은 무리지, 후후. 그래도 한 시간에 4페이지 볼 수도 있으니까 10시간 하면 진도 맞출 수 있네. 그러면 4시간이나 남으니까 일단 좀 쉬고 이따가 다시 집중해보자!'

평소에 모아본 적 없는 집중력을 잠시 쉰다고 끌어 올릴 수 있을 리 만무했다. 나는 실천이 몸에 배어 있지 않은 사람이다. 이런 나의 상태를 고려하지 않고 기계적으로 학습량을 나누다니. 결과는 보나마나였다.

시험을 마치고 나오는 길에 드는 생각,

'아, 일주일만 더 있었으면 합격하는 건데.' 정말 내 몸은 말을 안 듣는다.

인간의 욕심은 끝이 없고 같은 실수를 반복했다.

밀린 계획을 보상하기 위해 더 터무니없는 계획을 세웠다. 그럴수록 나는 실천과는 점점 멀어졌다. 스스로의 능력을 너무 과신한 탓에 목표치를 너무 높이 책정한 게 원인이었다.

우선, 나의 게으름을 겸허하게 인정했다. 미루고 미루다 몰아치기를 해도 끝낼 수 있도록 하루에 4시간 공부하는 것으로 목표 시간을 줄였다. 매일 네다섯 시간 정도는 할 만했다. 부담도 덜해서 시험 준비도 일찍 시작할 수 있었다. 의욕이 넘치는 날에도, 손가락 하나 이불 밖으로 내밀기 싫은 날에도 어떻게든 시간을 채웠다. 덕분에 지난번 시험 준비 때보다 공부에 쓴 시간은 훨씬 늘어났다. 그리고 무엇보다도 정말 오랜만에 성취감을 느낄 수 있었다. 꾸준한 실천에서 오는 성취감이었다.

경험상, 뇌는 좌절감보다는
성취감을 훨씬 좋아한다.

나처럼 너무 원대한 목표를 잡아서 실패를 맛보았다면, 목표를 확 줄여보는 게 어떨까?

## 습관과 바이오리듬을 이용하라

실천을 돕는 루틴의 필요성도 알았고, 실천을 유지하는 데에 필요한 성취감의 중요성도 파악했다. 루틴도 성취감도 모두 우리가 의식적으로 스스로에게 부여해야 하는 것들이다. 한편, 우리 뇌에는 무의식의 영역도 있다. 의식의 영역은 앞선 방법으로 충분히 공략했으니 이제는 무의식의 영역을 활용해서 실천력을 강화시켜보자.

지피지기면 백전백승. 우선 뇌에 대해서 알아야 할 것이 있다. 지루하고 장황한 뇌과학 이론을 얘기하는 것은 어차피 하고 싶어도 할 수 없다. 그러니 안심해도 좋다.

딱 하나의 키워드, 신경 가소성(neuroplasticity)만 소개하려 한다.

인간의 몸을 컨트롤하는 신경계의 기본 단위는 '뉴런'이다. 우리의 뇌는 수많은 뉴런이 모이고 '시냅스'라는 교차점으로 연결되어 있는 형태다. '신경 가소성'이란 쉽게 말해서 자극에 의해 '뉴런'이 변화하고, 만들어지고, 뉴런들 간의 '시냅스'가 달라지는 것이다. 즉, 수많은 자극을 받으며 뇌는 끊임없이 그 구조를 변화시켜간다. 이때 같은 자극이 지속적으로 반복되면, 이에 반응하는 '뉴런'들과 '시냅스'가 강화되어 보다 신속하게 반응하도록 변화한다.

어떤 운동이나 동작을 처음 배울 때 단번에 익히는 사람은 드물다. 엄청난 운동 신경을 가지고 있지 않은 이상 꾸준히 그 동작을 반복해서 연습하는 과정이 필요하다. 신경 가소성에 의해 뇌의 운동 영역에서 시냅스 네트워크가 강화되어 새로운 동작을 '학습'하게 되는 것이다.

개인적으로도 신경 가소성을 이용해 성취를 이룬 경험이 있다. 초등학생 때 한창 친구들 사이에 줄넘기로 이단 뛰기를 하는 것이 유행이었다. 늘 '인싸'이기를 원했던 나였지만 이번만큼은 쉽지 않았다. 당시 취미가 과식이었던 만큼 남다른 체격을 자랑했기 때문이다. 운동 신경도 그저 그랬던 나에게 이단 뛰기는 무리였다. 순간적으로 운동에너지를 위치에너지로 변화시킨 상태에서 줄이 발 아래로 두 번이나 지나가게 하는 것은 너무나도 버거웠다. 하나둘 이단 뛰기를 할 줄 아는 친구가 늘어나면서 나는 놀림감이 되기 일쑤였다. 오기가 생긴 나는 거의 2주 동안 매일 1시간씩 줄넘기를 붙들고 살았다. 그사이 내 정강이며 뒷통수는 수백 번, 아니 수천 번의 채찍질로 늘 얼얼했다. 마침내, 나는 이단뛰기에 성공했다. 그렇게 인싸라는 지위도 회복할 수 있었다.

여러분도 반복을 통해 힘들이지 않고도 처음보다 더 정교하고 빠르게 무언가를 수행해본 경험이 있을 거다.

실천도 마찬가지다. 실천을 반복할수록 더 많은 실천 시냅스가 형성된다. 더 많은 실천 시냅스는 무의식의 영역에서 우리를 돕는다. 반복을 통해 우리의 행동은 재구조화된다고 이는 곧 습관이 된다. 이렇게 만들어진 습관은 목표 달성에 핵심적인 열쇠가 될 수 있을 것이다.

'습관'이라는 하나의 안전장치만 가지고는 여전히 불안한가? 그럴 수 있다. 나도 그 불안함 때문에 이중 안전장치로 바이오리듬을 사용하고 있다. 꾸준한 실험을 위해 바이오리듬을 활용한다니 이해가 잘 가지 않을 것이다.

혹시, 야식 좋아하는가? 야식을 좋아한다면 잘 알겠지만 야식에 한번 맛들리기 시작하면 배달 앱 VIP가 되는 것은 순식간이다. 나도 삼시 세끼 다 챙겨 먹

고도 밤 열 시만 되면 괜히 허전해져 배달 앱을 뒤적
거리곤 했다. 희한하게 같은 음식이어도 야식으로 먹
으면 더 꿀맛이었다. 견지지 못하고 배달 음식으로 배
를 채우고 든든하게 잠드는 생활이 반복되었다. 어느
새 내 몸은 아홉 시를 지나 열 시만 되면 '야식 시간'
임을 알려대기 시작했다. 그렇게 매일같이 마늘보쌈이
당겼던 것은 분명 배고픔이 원인은 아니었다.

우리 몸의 리듬은 일정한 주기로 반복된다고 한다.
우리는 이러한 리듬을 이롭게 사용할 수 있다. 몇 년에
걸쳐 나는 비슷한 시간대에 꾸준히 운동했다. 그러자
그 시간에 운동을 하지 않으면 뭔가 모를 불편함과 불
안함이 느껴질 정도다. 이제 그 불편함은 내가 꾸준히
운동을 다닐 수 있게 도와주는 원동력이 되었다.

계획을 꾸준히 실천하기가 어렵다면 늘 같은 시간
에 같은 행동을 반복해보는 것은 어떤가? 반복이 쌓
이면 가끔 하기 싫은 날이 와도 우리 몸이 자연스럽게
움직이고 있을 수도 있다.

당신이 목표를 향해 달려가는 동안, 습관과 바이오리듬이라는 이중 안전장치는 차선 이탈을 안전하게 막아줄 것이다.

## ·· 페이스메이커를 만들어라

페이스메이커는 마라톤 같은 육상 경기에서 일정한 페이스를 유지하여 완주할 수 있도록 도와주는 존재다. 페이스메이커는 규칙적으로 무엇인가를 유지시켜주는 속성을 가진다. 우리는 페이스메이커의 이러한 속성을 이용하여 실천력을 올릴 수 있다.

실천에 있어서 페이스메이커를 '실천이 유지되도록 도와주는 외부의 것'이라고 생각하면 된다. 친구 따라 강남 간다고, 아무래도 혼자였으면 미룰 일도 누군가와 같이하면 조금은 더 하게 된다.

우리는 모두 이미 페이스메이커의 중요함을 느끼며

자랐다. 자녀가 있는 가정에서 학군은 집을 선택할 때 매우 중요한 요소다. 현대판 맹모삼천지교랄까? 더 좋은 학군에 진입하기 위해서라면 이리저리 이사를 다니는 것도 마다하지 않는다. 좋은 학군에는 화려한 입시 성적이 증명해주는 입시 노하우, 체계화된 교육 시스템, 스타 강사의 명강의가 기다리고 있다.

그러나 그만큼이나 중요한 것은 지옥 같은 방과 후 일정을 함께 보낼 수 있는 또래의 존재다. '교육 특구'에 자리잡으려 부동산 매물에 혈안을 올리는 것도 자녀 주변에 좀 더 나은 페이스메이커가 모이기를 바라는 마음도 한몫 한다. 취미 활동 역시 혼자 하는 것보다는 동호회 같은 커뮤니티 활동을 하면 좀 더 오래 즐길 수 있다. 관심사가 맞는 사람들과 서로 교류하며 서로 꾸준히 의지를 북돋아줄 수도 있다. 시험을 준비하는 사람들이 모인 인터넷 카페에는 함께 공부를 하거나 아침 기상을 인증할 스터디 멤버를 모집하는 게시글도 종종 올라온다. 이런 사회적 관계들을 통해 목표 달성에 더 가까워질 수 있다.

잠깐, 친구 따라 강남 간 사람만 있을까?

친구 따라 한강 난간에 매달린 사람도 있을 것이다.


'사람 페이스메이커'에게는 한계가 있다.

N년 전의 일이다. 나는 건강한 삶을 위해 라이프 스타일을 바꿔보고자 그중 하나로 채식을 시도했다. 마침 나보다 조금 앞서서 채식을 시작한 친구가 있어 도움을 받기도 했다. 인생에 더 이상의 육식은 없을 거라 호언장담하던 친구를 믿고 함께 채식을 할 수 있어 기뻤다. 하지만 술이 문제였다. 술만 들어가면 친구는 햄버거가 그렇게 먹고 싶다며 떼를 썼다. 그러다 거하게 취한 어느 날이었다. 여느 때처럼 햄버거를 찾으며 주사를 부리던 그는 결국, 와퍼를 한입 베어 물었다.

"대박 맛있네, 고기"

이번엔 내가 페이스메이커가 되어 친구를 단단히 잡아주려고 했다. 하지만 친구는 돌이킬 수 없는 강을 건너버렸다. 이렇게 맛있는 걸 어떻게 참아! 친구의 혼잣말에 나 역시 허무하게도 급격히 맥이 빠져버렸다. 그리고 어느새 우리 둘은 불판 앞에 마주앉아 삼겹살을

구웠다.

이렇듯 페이스메이커가 사람일 경우에는 그의 컨디션과 언행이 나의 페이스에 큰 영향을 미친다. 심지어는 페이스메이커가 고장이 나는 위험요인도 존재한다. 페이스메이커가 위험요인으로 작용하면 오히려 나를 방해하게 될 수도 있다.

나는 사람이 아닌 무생물 역시 페이스메이커가 될 수 있다고 생각한다. 오히려 무생물이 사람보다도 더 훌륭한 페이스메이커 역할을 할 수 있다고 믿는다.

무생물을 페이스메이커로 둘 수도 있다는 게 무슨 말일까?

도서관에서 열람실 문을 열고 들어갈 때의 냄새, 다른 테이블에서 열심히 공부하는 사람들에게서 느껴지는 열기, 책 넘기는 소리. 도서관에는 나의 공부 의욕을 높여주는 것들이 모두 모여 있었다. 도서관이라는 공간 자체가 내 페이스메이커가 된 것이다.

고교 시절 3년의 입시 레이스를 함께한 내 등받이 쿠션. 내가 공부하는 동안 이 녀석은 내 체중을 온몸으로 받아내며 척추의 S라인을 유지하도록 도와주기 위해 '열일'했다.

'너도 이렇게 열심히 제 역할을 하는데…'

집에서 혼자 공부하는 날에도 이 친구 덕분에 나는 목표한 학습량을 채우기 훨씬 수월했다. 다른 그 어떤 등받이 쿠션보다도 함께 있으면 집중도 잘되고 어려운 4점짜리 수학 문제도 더 잘 풀리는 느낌?

녀석은 내가 대학생이 되어서도 시험 기간이면 내 스터디메이트가 되어줬다.


다른 일례도 있다. 술을 마시고 뽑아둔 인형을 나만의 사감선생님으로 삼았었다. 고개를 들 때마다 선생님과 눈이 마주치니 목표한 공부 시간이나 학습량을 채우기가 훨씬 수월했다. 그 선생님은 채찍과 당근을 아주 적절하게 섞어가며 꾸준히 공부할 수 있도록 도와줬다.

이렇듯 공간이나 사물은 늘 똑같은 컨디션으로 페이스메이커가 되어주었다. 덕분에 나는 목표 달성을 위해 역량을 충분히 발휘할 수 있었다.

여러분도 집 어딘가에 처박아둔 곰돌이 인형이나 하다못해 책상을 당신만의 스터디 메이트로 초빙해보는 것은 어떨까?


## 정신력은 체력 의존적이다

난 체력이 허약해서!

어쩌면 당신이 꾸준히 실천하지 못하는 근본적인 원인은 체력이 달려서일 수 있다.

'또 체력 이야기야? 이런 뻔한 클리셰는 좀 그만하지.' 싶은가?

시간을 돌려서 히딩크 감독이 축구 국가대표팀 감독이었던 때로 가보자.

2002년, 월드컵을 준비할 당시 여론은 국가대표 선수팀을 두고 '정신력은 좋은데 기술이 부족해서 강팀을 이기지 못한다'는 방향으로 기울었다. 히딩크 감독은 부임 후 여론과는 정반대의 의견을 내놓았다. "한국 축구 선수는 기술은 괜찮은데 체력이 형편없고 그 때문에 정신력도 수준 이하다"라고.

여론의 우려에도 대표팀은 월드컵 본선 직전까지 고강도의 체력훈련에 매진했다. 평가전 결과는 처참했다.

5:0

히딩크는 사람들에게 '오대영 감독'이라 불리며 조롱을 당하기도 했다. 그러나 우리는 안다. 이 네덜란드 할아버지가 월드컵 4강 진출이라는 믿을 수 없는 결과를 만들어냈다는 것을 말이다. 그리고 그제서야 깨달았다. 경기에 이기려면 후반 30분 이후에 근육 경련이 나는 걸 참고 뛰는 것이 아니라 전후반 90분 심지어 연장전까지도 뛸 수 있는 체력이 필요하다는 것을.

우리가 투혼이라고 부르던 것은 체력 부족일 뿐이었다.

다른 친구들은 고등학교 1학년 때부터 야자를 째고 피씨방 출근도장을 찍었다. 그때에도 나는 교실에 남아 공부를 했다. 실제로 꽤나 좋은 성적을 유지하기도 했다. 3분의 1이나 지난 레이스에서 단연 앞서 있다고 생각했고, 이대로만 가면 될 것 같았다. 하지만 체력이 문제였다. 십 대에는 돌도 씹어 먹는다고 하지 않나? 식습관도 불규칙적이었고 운동도 멀리했다. 그저 최대한 오랜 시간 책상에 앉아 일명 '엉덩이 공부법'을 시전했다. 시간이 지날수록 내 전술의 허점이 드러났다. 피로감과 만성통증에 시달리기 시작했고 지구력은 결국 한계에 다다랐다. 뒤늦게 홍삼과 각종 영양제로 수혈해보았지만 이미 바닥 수준으로 떨어진 내 지구력을 끌어올릴 수 없었다. 한 자리였던 석차는 점차 두 자리, 세 자리로 밀려났다.

대학 입시에서 나의 엉덩이 공부법은 실패로 끝났다. 그래도 얻은 교훈은 하나 있다. 앞으로 무엇을 하든 체력은 필요충분조건이라는 것이다. 같은 실수를 반복하지 않기 위해 성인이 되고는 운동을 시작했다.

그때부터 꾸준히 운동하며 기초체력을 키워온 덕분일까? 적어도 체력이 달려서 하고 싶은 일을 하지 못하는 경우는 발생하지 않았다.

여러분은 목표를 향해 달릴 수 있는 체력을 충분히 키웠는가?

후반 인저리 타임의 헛다리 짚기가 꾸준한 파워 트레이닝의 결과로 나오듯, 우리의 뒷심 역시 평상시 체력 관리에 달렸다.

## ⸬ 덕질을 해라!

스탠포드 대학교 졸업 연설에서 스티브 잡스는 자신이 좋아하는 일을 찾으라고 했다. 잡스는 본인이 사랑하는 일을 했기 때문에 자신이 창업한 애플에서 잘린 후에도 픽사와 넥스트를 거쳐 다시 애플로 복귀할 수 있었다고 한다. 잡스 말고도 성공한 사람들이 한결

같이 강조하는 말이 있다. 바로 '꾸준히 실천하려면 좋아하는 일을 해야 한다'는 것이다.

좋아하는 것이 이미 있다고? 그렇다면 꾸준히 실천하기가 더 수월해질 수 있다. 덕질은 한때 무엇인가에 푹 빠진 것을 비하하는 말로 쓰이기도 했다. 하지만, 점차 특정 분야를 전문적인 수준으로 탐구한다는 긍정적인 의미도 가지게 되었다. 덕질은 누가 시키지 않더라도 열정적으로 할 수 있다.

이니에스타는 학창 시절부터 일본 애니메이션을 좋아했다. 아니 좋아하는 수준을 넘어서 빠져 살았다. 이런 모습을 보고 오타쿠라고 놀리던 친구들도 있었다. 그래도 이니에스타는 덕질을 멈추지 않았다. 꾸준한 덕질 덕분에 억지로 공부하지 않아도 일본어를 유창하게 구사할 수 있게 되었다. 나중에는 자막 없이도 애니메이션을 이해할 수 있는 수준에 이르렀다.

현재 이니에스타는 일본어 능력을 활용해 무역 회사에서 일본 바이어들을 만나는 일을 하고 있다.

주위를 둘러보면, 생각보다 덕질을 하는 친구가 많다. 그중 몇몇은 좋아하는 일과 밥벌이 수단을 일치시키며 '덕업일치'를 이루는 데 성공했다. 신발 수집을 좋아하던 친구는 한정판 신발과 옷을 판매하는 편집샵을 운영한다. 화장품을 좋아하던 친구는 화장품 회사에서 신제품 연구를 담당하고 있다. 이들의 공통점은 모두 일에서 느끼는 만족도가 매우 높다는 것이다. 좋아하는 일을 하며 돈도 벌 수 있으니 얼마나 좋겠는가.

하기 싫은 일엔 몰입하기 어렵다. 5분이 한 시간처럼 느껴지고 집중도 잘 되지 않는다. 그러니 당연히 효율이 떨어질 수밖에 없다. 반면, 좋아하는 일엔 쉽게 몰두할 수 있다. 좋아하는 일을 하다 '어라? 시간이 언제 이렇게 갔지?' 하고 문득 놀란 적이 있지 않은가? 10분 정도 지난 줄 알았는데 1시간이나 지난 그런 경험 말이다.

게다가 내가 좋아하는 일을 하면 누가 시키지 않아도 능동적으로 한다. 그러니 효율은 자동으로 따라올 수밖에.

좋아하는 일에 빠져보자. 몰입하는 과정에서 행복을 느낄 수 있다. 그리고 발전해나가는 스스로의 모습을 볼 수 있을 것이다. '이게 내 밥벌이에 무슨 도움이 돼?' 같은 의심은 잠시 접어두자. 미래는 아무도 알 수 없다. 덕질을 통해 개발된 당신의 능력. 그 능력은 새로운 직업으로 향하는 디딤돌이 될 수 있다.

## 몰입을 위한 칭찬 노트

야! 안 들려?

엉? 부른 줄도 몰랐어, 왜?

주변의 소리가 들리지 않고 누군가 나를 불러도 알아채지 못할 정도로 무언가에 집중해본 경험이 있을 것이다. 주변을 의식하지 않고 무언가에 빠지는 것, 자연스럽게 깊이 파고드는 이것은 바로 몰입이다. 우리는 정말 재미있는 영상에 몰입할 수도 있고 오랜만에 집어든 만화책을 보면서, 음악을 들으면서, 게임을 하다가도 몰입할 수 있다. 만약 목표한 일을 할 때 몰입감을 느낄 수 있다면 어떨까? 그 일이 힘든 줄도 모르고 하다가 어느새 원하는 결과에 가까워진 자신을 발견할 수 있을 것이다.

불행하게도 우리가 하고자 하는 일은 좋아하는 일이 아닐 때가 대부분이다. 그래서 몰입해서 꾸준히 하기란 쉽지 않다. 앞에서 목표치도 낮춰보고 습관의 힘도 빌려봤다. 그러면 이번엔 어떻게 하면 좋을까? 칭찬을 활용할 차례다. 칭찬은 고래도 춤추게 한다고 했다.

긍정적인 보상으로 특정한 행동을 강화할 수 있다.
"오! 몸 더 좋아진 것 같아!"
호감이 있던 이성에게서 스치듯 들은 말 한마디에 어깨가 으쓱해진다. 그날따라 왠지 한껏 자란 것 같은 나의 측면 삼각근을 연신 헬스장 거울에 비춰본다. 그렇게 평소보다 더 열심히 운동에 '몰입'한다. 이제부터 식단 조절도 같이 해볼까?

에이, 그거 좀 한다고 인생 뭐 달라지겠냐? 그냥 하던 대로 해.

친구들은 내가 세운 목표에 찬물을 끼얹는다. 참나, 도움이 안 된다니까. 의지가 부족했던 나였기에 친구들의 말에 동조되어 '그래, 해봤자 결국 스트레스만 받지 뭐가 달라지겠어?'라고 생각해버린다. 열정 없는 목표는 바람 앞의 촛불처럼 쉽게 사그라들어버린다. 우리는 마음속 촛불이 꺼지지 않도록 보호해줄 바람막이가 필요하다.

보호막이 되어줄 이 바람막이는 바로 '칭찬'이다.

칭찬이 자기 암시와 뭐가 다르냐고? 이 둘은 조금 다르다. 할 수 있다고 주문을 거는 것은 실천하기 전에 하는 방법이다. 하지만 칭찬은 실천을 하고 나서야 할 수 있다. 주문만 걸고 앉아 있는 사람보다는, 무언가를 한 후에 스스로를 칭찬하는 사람이 뭐라도 하나 더 하지 않았겠는가. 그렇지만 나에게 칭찬의 말을 하려니, 생각만 해도 왠지 오글거린다. "오늘 하루도 정말 잘했어"라고 자신을 칭찬하는 게 익숙하다면 그대로 하면 된다. 하지만 솔직히 나는 낯부끄러워서 못하겠다.

여기서 괜찮은 방법이 하나 있다. 계획을 실천하고 나서 스스로를 칭찬하는 글을 써보자. 우선 칭찬 기록을 위한 작은 노트를 하나 마련해보라. 쓰다 말았던 다이어리도 좋고, 메모장도 좋다. 처음에는 조금 어색할 수 있지만 글은 글을 부른다.

우리에게는 이미 초등학생 때 일기를 썼던 전력이 있다. 심지어 한 달 치 일기를 개학 전날 하루 만에 다 쓰는 기적도 행해본 저력 있는 사람들이다. 꼭 길게 쓰지 않아도 좋다. 누가 검사를 하는 것도 아니다.

이 튼튼한 바람막이 한 장으로 나의 목표를 지킬 수 있다면 이거 완전 남는 장사 아닌가?

날로 늘어나는 칭찬 기록들은 우리의 열정이 식지 않고 더욱 오래갈 수 있도록 데워줄 것이다.

잘 메우고 기워 더 튼튼한 바람막이로 만들어 나와 나의 목표를 지켜보자.


## ᆢ또 다른 투쟁을 위한 도피

투쟁-도피 반응(fight-or-flight response)은 생명을 위협하는 긴박한 상황에서 자동적으로 나타나는 생리적 각성 반응이다. 위기상황에 맞닥뜨렸을 때 이어지는 생각에 따라 우리의 반응은 달라진다. '해볼 만한데?'라는 판단은 투쟁 본능으로 이어져 우리가 상황에 맞서도록 한다. 반면, '이건 감당할 수 없겠는데?'라는 생각이 들면 도피 본능이 우선된다. 도피 본능을 따르게 되면 도피 반응으로 이어져 그 상황을 피하려고 애쓰게 된다.

갑자기 싸움이 붙거나 많은 청중 앞에서 발표해야 할 때를 생각해보자. 입이 바짝바짝 마르고 심장이 쿵쾅거리지 않던가? 이는 모두 투쟁-도피 반응에 의한 신체적 각성 때문에 나타나는 반응이다.

우리는 상상력이라는 특권을 이용해 앞으로 일어날 법한 일이나 결코 일어날 가능성이 없는 일에 대해 시뮬레이션을 하곤 한다. 목표를 세우고 나면, 머릿속에는 앞으로의 미래를 보여주는 공상과학소설이 펼쳐진다. 그리고 그 과정에서 수많은 투쟁-도피 반응을 모의적으로 경험한다.

책 쓰기라는 목표를 세우고 나서, 우리 역시 이를 경험했다. 처음에는 두근거렸다. '작가가 된다니… 베스트셀러 작가가 되면 어떻게 하지? 이러다 유명해져서 방송도 타는 거 아닌가? 얼굴이 엉망인데, 지금부터라도 피부과 다녀야 하나?'

작년까지만 해도 내가 책을 내리라고는 전혀 상상도 하지 못했다. 하지만 이 두근거림은 거침없이 우리의 상상력을 자극했다. 그리고 도피 반응 대신 강렬한 투쟁 반응을 일으켰다. 그렇기에 람보르기니 같은 추진력으로 책 쓰기를 시작할 수 있었다.

근데 책은 아무나 내나? 대부분의 사람이 그렇듯 나에게도 역시 책은 쓰는 것이 아닌 읽는 용도였다. 더 솔직하게는 훌륭한 라면 받침대의 역할도 해주었다. 막상 글을 쓰려고 하니 고려할 것이 한두 가지가 아니었다. 어느 정도 소재를 정해두어서 글은 금방 쓸 줄 알았다. 하지만 막상 주제를 구체화하고 목차를 구성하려고 보니 큰 스트레스로 다가왔다. 그만둬버리고 싶은 적이 한두 번이 아니었다. 그렇게 억지로 쥐어짜낸 글을 읽다 보면 모니터를 구겨버리고 싶을 정도로 창피한 적도 많았다.

무슨 부귀영화를 누리겠다고 책을 쓴다고 했을까. 책 쓰기라는 힘든 투쟁 앞에서 우리는 나아가지도 도망가지도 못한 채 시간만 보냈다. 의욕이 조금씩 꺾여가던 어느 날, 친구들의 말에서 용기를 얻었다. 출판하지 못하더라도 SNS를 통해서 얼마든지 우리의 글을 세상에 내보일 수 있단다.

하긴 꼭 책이 목표가 될 필요는 없었다. 책이 아니어도 사람들에게 우리의 글을 보여줄 방법은 있다. 오히

려 페북이나 인스타가 책보다 더 많은 사람에게 노출
될 수 있는 기회를 줄 수도 있을 것 같았다. 그때 깨달
았다. 도피는 실패가 아니라 새로운 투쟁을 할 수 있
게 해주는 기회가 될 수 있다는 것을. 친구들 말이 옳
다. 이번이 인생에서 책을 써볼 유일한 기회는 아니지
않은가. 방식이 바뀔 수도 있고 하다못해 다른 주제로
글을 새로 쓸 수도 있다고 생각했다. 그러자 오히려 다
시 책을 쓸 의욕이 생겨났다.

어떤 목표든 단번에 이루기는 어렵다. 걱정할 필요
없다. 열심히 투쟁해도 안 되면 우리에겐 늘 도피라는
옵션이 있다.

그렇게 또 새로운 투쟁을 시작해볼 수 있다.


## 합리적으로 돕고 살자

혼자의 힘으로는 도저히 상황을 바꿀 수 없을 때가

있다. 그럴 때에는 한 가지 방법이 더 있다. 주변 사람의 도움을 받는 것이다.

'나 좀 도와줄래?'

하지만 목구멍까지 올라온 이 말은 끝내 밖으로 나오지 못한다. 남들에게 아쉬운 소리를 하기도 싫고 괜히 부담 주기도 싫다. 내 맘이 벌거벗긴 기분이 들까 싶어 결국 관둔다. 나이가 들면서 얻은 것이라고는 알량한 자존심과 함께 똥고집뿐인 것은 아닐까. 인생에 진정한 친구 하나 있으면 그 인생은 성공한 것이라던데. 그 말이 오늘따라 더욱 와닿는다. 카톡 친구 목록을 쭉 내려본다. 수많은 이름이 있지만 그 '하나'가 없다. 정작 내가 모든 것을 터놓고 내 마음을 있는 그대로 말할 수 있는 대화창은 '나와의 채팅' 뿐이다.

우리가 남들에게 쉽게 도움을 청할 수 없듯이 남들도 마찬가지다. 도움이 필요할 때를 대비하기 위해서라도 우리가 먼저 손을 내밀 줄도 알아야 한다.

여기서 잠깐, 주의해야 할 사항이 있다.

"긍정적으로 생각해. 다 잘될 거야."

이런 식의 막연한 낙관주의는 오히려 독이 될 수 있다. 대책 없는 낙관이 마주한 현실은 더욱 냉정한 법이다. 상대에게 별생각 없이 건넨 응원 때문에 누군가는 더 큰 절망 속으로 빠져들 수도 있다.

통제 불가능한 현실에 처해 있다면, 상황을 있는 그대로 받아들일 수 있어야 한다. 모든 게 이미 정해진 것만 같은 절망, 아무리 애써봐도 나아질 수 없을 것 같은 상황에도 분명 바꿀 수 있는 부분이 있다.

외모가 다는 아니지만 잘생긴 게 좋긴 좋다. 작가 삼인방 중 누구도 서강준이나 남주혁처럼 생기지 않았다. 재미로 시작한 외모 디스는 늘 승자가 없었다. 조금 슬프지만 서로의 현실을 깨닫게 되었다. 그리고 좌절하는 대신 함께 헬스장을 들락거리며 서로의 트레이너가 되어주었다. 어떤가? 우리는 이렇게 통제 가능한 범위 내에서 조금이라도 스스로를 바꾸기 위해 노력하는 합리적 낙관주의자로 살아간다.

진정한 도움은 이런 합리적인 낙관을 할 수 있게 도와주는 것이다. 절망에 빠진 사람에게 막연히 "다 잘 될 거야"라는 말은 하지 말자. 그보다는 지금 바꿀 수 있는 것이 무엇인지 찾을 수 있도록 도와주자. 앞으로 나가는 데에는 그게 더 도움이 될 것이다. 합리적으로 돕고 사는 것은 상대방과 우리 모두를 위한 것이다.

나　　　제　　대　　로

Level 5.

# 대작전 그 후

한        거        맞        아        ?

## 탈출 실패, 아가리 끝판왕은 나였다

아가리 탈출을 위해 온갖 방법을 동원했다. 그리고 나름대로 효과를 보는 듯했다. 하지만 시간이 지날수록 다시 예전의 나로 돌아간다.

'이딴 책에 또 속았군.'

열정 넘치는 새 삶을 살 줄 알았는데 아무래도 약발이 다한 모양이다. 애초에 나는 갱생 불가능한 아가리 대마왕 같은 존재일지도 모른다.

이쯤에서 한 가지 고백할 게 있다.

미안하지만, 사실 아가리 탈출은 불가능한 것이었다.

그렇다고 지금까지 시도했던 여러 작전이 헛수고라는 얘기는 아니다. 그러니 분노의 악플 테러를 하려고 했다면 조금만 미뤄달라. 끝없는 절망회로를 돌리기에 앞서 한번만 더 생각해보자.

아가리 탈출 대작전을 기점으로, 우리 인생을 크게 세 가지로 나눠볼 수 있다.

작전을 시도해보기 전 아가리였던 시간

작전을 수행하면서 아가리에서 탈출한 시간

약발이 다해서 아가리로 회귀해가는 지금 이 순간

매 순간마다 우리는 삶의 변화를 체험했다.

이 크고 작은 변화들은 모두 '내'가 존재하는 이곳에서 벌어졌다. 다른 차원, 다른 세상에서 일어난 일이 아니다.

우리는 손오공이 아니기에 시간과 정신의 방 같은 전용 공간에서 탈출 작전을 연습해볼 수 없다.

작전을 수행할 때나 약발이 다한 지금이나 우리 주변은 늘 똑같다. 요새 부쩍 무겁게 느껴졌던 이불에도 어제와 같은 크기의 중력이 작용한다. 반복문이 등장할 즈음 진도를 멈춘 코딩 책은 책장 오른쪽 3번째 아래 칸에서 오늘도 내일도 우리를 기다리고 있을 것이다. 아무리 발악한들 우리는 이 세상에서 탈출할 수 없다.

그렇지만 분명 작전을 수행하며 삶의 의욕이나 실천력에 변화가 생기는 것을 몸소 느꼈다. 시간이야 저절로 흐르고 세상은 늘 같은 모습이니, 결국 작전의 주요 무대는 우리 내면이었다. 유체 이탈을 하는 게 아닌 이상 우리 내면에도 역시 탈출구는 없다.

'아가리 탈출'을 외치며 실행했던 작전들은 대체 무얼 위한 것이었을까?

무협지를 보면, 정파와 마교가 등장해 대결한다. 무림을 배경으로 정파는 평화로운 세상을 위해 힘쓰고, 마교는 질서를 파괴하고 온 세상을 혼돈에 빠뜨리려 한다. 마음은 무림과 일맥상통하는 부분이 있다. 우리의 내면이 무림이라면, 아가리는 마교 같은 존재인 것이다. 기회를 엿보던 아가리는 어느새 마음을 파괴하고 어둡게 물들인다. 마음속에서는 정파보다 마교 세력이 더 강한 것일까? 우리의 실천력은 늘 이 모양이다.

희망은 있다. 우리가 태생적으로 무언가 부족해서 '아가리'인 것이 아니다. 누구나 마음속 아가리에게 지배당할 수 있다. 이 말은 곧, 뒤집어서 생각해보면 누구나 아가리를 통제할 수도 있다는 말이기도 하다.

아가리는 노력을 통해서 완전히 '탈출'할 수 있는 '상태'라기보다는, 끊임없이 '견제'해야 할 '마음의 일부분'이다.

소설에서 그렇듯, 정파 세력은 다시 일어나 세상을 평화롭고 건강하게 만들고자 노력한다. 우리의 작전은 바로 이 정파가 마교를 중원에서 변두리로 몰아내고 세상을 구하는 전쟁과도 같다.

끝없이 이어질 마음속 아가리와의 대결을 생각하면 벌써부터 피로감이 몰려온다. 하지만 우리가 할 일을 미룰 때마다 느꼈던 답답함도, 작전 중 맛봤던 해방감도 모두 마음먹기에 따라 조절할 수 있다.

그러니 우리는 정파에 힘을 실어줄 작전을 계속 수행해야 한다.

마교를 몰아내려면 어떤 작전을 짜야 할까?

마교 또한 마음의 일부분이기에 완전히 몰아내는 것은 불가능하다. 아마도 살아가는 동안 마음속 정파와 마교의 전쟁은 계속될 것이다.

매일 아침 출근부터 시작해서 마감이 임박해오는 업무, 헬스장 가기, 얼마 전 사둔 자기 계발용 책, 내일 힘들 걸 알면서도 자꾸만 미루는 취침 시간….

눈을 뜨고 있는 순간순간마다 마교는 우리 맘을 지배하려고 호시탐탐 기회를 엿본다. 우린 늘 이에 대항할 작전을 마련해두어야 한다.

그 방식이 무엇이든, 모든 작전의 밑바탕에 '지지 않는다'는 의지를 기본 옵션으로 넣어두자.

완전한 승리도 없지만 삶을 포기하지 않는 한 패한 것도 아니다. 세상이 마교의 손아귀에 넘어가도 정파가 반전의 기회를 준비하듯, 우리도 삶을 이어가면서 새로운 작전을 생각하고 끊임없이 시도해보자. 효과가 보이는 작전이 분명 한두 개는 있을 것이다. 그러면 또 당분간은 실천력이 넘치는 일상을 살아갈 수 있다.

아가리와의 작은 전투에서 수없이 이기고 지고를 반복하는 삶에서, 우리가 생각할 수 있는 작전의 가짓수는 무한하다.

그렇기에 스스로의 삶과 일을 계속 사랑하기만 한다면, '순간'의 전투는 어찌될지 몰라도 분명 우리는 '삶'이라는 전쟁에서 승리할 수 있을 것이다.

## 스펙 대신 스펙트럼

프리즘을 처음 접한 것은 중학교 과학 시간 때였다.

한가지 색으로 보이는 빛은 프리즘을 만나 무지갯빛으로 퍼진다. 그 스펙트럼을 보노라면 새삼 이 세상이 얼마나 많은 색깔로 이루어졌는지 깨닫게 된다.

우리 각자의 마음에도 프리즘이 있다. 그리고 자신의 프리즘을 이용해서 세상을 바라본다. 태어나고 자라면서 저마다의 방식으로 프리즘을 갈고 닦아나가기에, 사람마다 가지고 있는 프리즘은 모두 다르다.

그렇게, 모두들 세상을 바라보는 방식이 다르다.

그런데 아가리들끼리는 프리즘 모양이 비슷한 걸까? 어째 아가리들에게서 보이는 스펙트럼이 크게 다르지 않다.

어두운 모노톤.

세상의 풍부한 색깔을 즐기며 살아가던 시절은 옛이야기가 되었다. 어쩌면 이미 색맹이 되어버렸나? 이렇게 다시는 무지갯빛 스펙트럼을 볼 수 없게 되어버린 것은 아닐까?

언제부턴가 우리는 세상의 색이 아닌, 밝음과 어두움만을 보고 사는 것 같다.

왜냐하면 그렇게 배웠기 때문이다.

초등학교 국어 시간 언젠가, 토론을 한 적이 있다.

아이들은 백인종과 흑인종으로 조를 나누어 주장을 펼쳐야 했다. 황인종이 선택지에 없어 당황스러웠던 기억이 난다. 성인이 되고서 보니 '교육'의 일환이랍시고 억지로 한쪽 입장을 골라 그들의 입장을 대변해야만 했다는 게 참 의아하다.

분명 정답이 없는 토론수업이라 했지만, 수업이 끝나갈 즈음 선생님이 더 선호하는 쪽을 알 수 있었다. 그쪽의 아이들은 선생님과 같은 선택을 했다는 것에 뭔가 한 단계 어른스러워진 것 같은 뿌듯함을 느꼈다.

그리고 그 반대에 속했던 아이들은 왠지 모를 패배감을 맛봤다. 그사이 황인종은 왜 선택지에 없는가에 대한 의문은 사라지고 없었다.

이후에도 우리는 인생의 많은 순간에 선택지가 두 가지뿐인 'OX 퀴즈'들과 마주쳐야만 했다. 그리고 그 문제에는 늘 사회가 정한 정답이 존재했다. 맞추면 잘한 것이고 틀리면 못한 것이었다. 그렇게 우리의 프리즘 앞에는 사회가 만든 흑백 필터가 덧씌워졌다.

복잡하기 짝이 없는 세상에서 이분법은 효율적인 구분을 위한 도구로 사용되었다.

성공과 실패
찬성과 반대
남자와 여자
합격과 불합격
진보와 보수

흑백 필터로 보는 세상은 둘로 나뉘었다. 그리고 시간이 흐를수록 이 필터에는 '실패'가 먼지처럼 쌓였다. 많은 실패를 겪으며 세상은 어두워졌고, 앞으로 나갈 용기마저 잃었다. 우리는 이렇게 아가리가 되었다.

흑백 필터는 청소해봤자 흑백 필터다. 필터를 닦을 게 아니라, 다시 이 세상의 빛이 온전히 프리즘으로 들어오도록 흑백 필터를 벗어 던져야 한다. 효율성 때문에 쓸 수밖에 없었던 흑백 필터는, 우리로 하여금 각자가 저마다의 인생이라는 소설을 써나간다는 사실을 잊게 만든다. 학창 시절 어른들이 좋아하는 모범생이 아니었어도, 수능을 망쳤어도, 취업에 실패했어도 그 안에는 우리만의 스토리가 있다.

그다음으로는 나만의 방법, 나만의 모양으로 프리즘을 갈고닦는 일에 집중하자. 남들에게 멋있어 보이는 것은 중요하지 않다. 그냥 마음 가는 대로 끊임없이 만져보는 거다. 우리가 마음속 아가리와의 전쟁에서 이런저런 작전들을 해봤듯이 말이다.

분명한 건 우리의 관심이 각자의 프리즘 모양보다는 흑백필터에 지나치게 쏠려 있다는 것이다. 각자만의 고유한 '스펙트럼'보다는 실패가 쌓이지 않은 '고스펙'의 흑백필터를 원한다. 흑백필터의 부질없음을 깨닫고 벗어던진다면 다시금 우리는 세상의 다양한 색깔을 만끽하면서 살 수 있을 것이다.

세상을 모노톤으로 보게 된 게 먼저였는지, 아니면 아가리가 된 게 먼저였는지는 알 수 없다. 얼핏 흑백처럼 보일지라도 내 안의 스펙트럼을 자세히 들여다보자.

어쩌면 잃어버린 실천력을 찾을 실마리는 이미 우리 안에 있을지도 모른다.

## 백수가 두렵지 않은 이유

이번 채용에 지원해주셔서 감사합니다.

전형 결과, 귀하와 함께하지 못하게 되었음을 알려드립니다.

이 점 매우 안타깝게 생각합니다.

다음 기회에 좋은 인연으로 뵐 수 있기를 진심으로 바라겠습니다.

귀하의 앞날에 항상 행복이 가득하길 기원합니다.


'매우 안타까워? 감사하기는 개뿔!'


혹시나, 하며 기다렸던 합격자 발표. 역시나, 오늘도 불합격이다.

애써 위로하는 듯한 장문의 불합격 통보는 나를 더 초라하게 만든다. 시도 때도 없이 떨어지다 보니 이젠 불합격하는 것도 지친다. 1차 서류 전형에서 떨어지면 그나마 덜 아깝다. 어차피 오르지 못할 나무였구나 싶으니까. 그런데 최종 면접까지 가서 떨어지면 억울해 죽겠다. 내가 꼭 들러리 역할만 하고 온 것 같은 기분이 들기 때문이다. 술이나 왕창 마셔야지! 하고 술잔을 기울이며 잊어버리는 것도 처음에나 가능했지, 이젠 어림도 없다.

친구들이 사주는 위로주도 이젠 너무나 쓰다.


"아 내일 진짜 출근하기 싫다. 근데 나 내일 일찍 출근해야 해서… 조금만 마실게, 미안!"


끝까지 달리자더니. 2차도 가기 전에 내뺀 것은 친구놈들이었지만 그 술자리의 패자는 나인 것 같다.


인간은 적응의 동물이라 했던가? 나를 몹시 힘들게 했던 불합격 소식도 이젠 일상이 되었다. 이제는 스팸 문자를 지우듯 아무렇지 않게 불합격 통보 문자를 삭제한다.

그렇게 백수가 된 지 1년이 지났다.


다시 직장 안 구하니? 그래서 결혼은 언제 하니?

누구누구는 이번에 공무원 됐다던데, 너도 공무원 시험 한 번 쳐보지 그러냐.

요즘 애들은 참을성도 없어. 나 때는 말이야. 일해라 절해라.

매우 감사하게도 나보다 더 내 미래와 취업을 걱정해주시는 친척 어른들. 그 지극정성에 몸 둘 바를 몰랐던 나는 점점 이 핑계 저 핑계를 대고 혼자 명절을 보내게 되었다. 명절 때 친척집에 다녀오면 이삼 킬로그램씩 꼭 살이 쪘었는데. 그때 깨달았다. 전이랑 떡은 엄청난 고칼로리 음식이란 걸.

'나 뭐 먹고살지?'

전에 거기 퇴사하지 말고 그냥 열심히 붙어있을 걸 그랬나… 가끔 이런 생각이 들었다. 자신감 넘치게 퇴사해놓고 취업을 '못'하는 상황이 오니 인생의 주도권을 뺏긴 것 같았다. N포 세대는 다른 세상 이야기인 줄로만 알았는데. 사실 내 이야기였던 것이다.

나도 한때 이렇게 마음을 졸이며 겁쟁이로 살았던 적이 있었다.

'뭐 먹고살긴, 쌀밥 먹고 살겠지 인마.'

쓸데없는 걱정에 대한 답이다.

음식도 먹어본 놈이 잘 먹고 찰흙도 빚어본 놈이 잘 빚는다.

학생 때는 그랬다. 남들과 비슷한 작품을 만들기 위해 다들 하는 것처럼 토익, 어학연수, 학점, 자격증 등 스펙들로 나를 빚었다. 사실 남들 따라 빚은 내 작품은 마음에 썩 들지 않았다. 그렇다고 기껏 만든 것을 짓뭉개고 새로 만들자니 그것도 두려웠다.

이걸 빚는 데도 이렇게 오래 걸렸는데, 어느 세월에 새로 빚고 앉아 있지?

어릴 때 위인전을 너무 많이 읽었던 탓일까, 십 대 때는 내가 세상을 바꿀 만한 엄청난 일들을 할 수 있을 줄 알았다. 그리고, 얼마 지나지 않아 그럴 가능성이 높지 않다는 걸 깨달았다.

'야, 넌 나중에 뭐하고 싶냐?'
'넌 꿈이 뭔데?'

스무 살이 된 꿈돌이들은 소주에 꿈을 그렇게도 섞어 마셨다. 스스로에 대한 고찰과 방황. 정체성을 찾기 위한 발버둥이었을까. 미래에 대한 막연한 불안감은 '꿈'이라는 단어에 가려 잘 보이지 않았다.

영원히 십 대일 것만 같았는데, 벌써 삼십 대가 되었다. 내 꿈이 뭐였던가? 기억해내고 싶지만 그것은 당장 중요한 문제가 아니다.

왜냐고? 꿈을 좇다간 한 순간에 통장이 텅장이 될 것이 뻔하다.

서른은 분명 젊은 나이이다. 그러나 이젠 변화가 두렵다. 새로운 것을 한다고 설치기엔 눈앞에 닥친 현실의 무게가 더 이상 가볍지 않다. 하지만 마흔이 되어 과거를 되돌아봤을 때 부끄럽지 않고 싶었다.

지금의 나는 아무렇게나 뚝딱 만들어진 것이 아니다. 짧은 인생에서도 나름대로 치열하게 산전수전 공중전 다 겪어봤다. 수많은 도전과 실패를 겪으며 얻은 내공은 알게 모르게 내 안에 쌓였다. 고려 시대 도공

들이 그리하였듯, 마음에 들지 않는다면 과감하게 부 술 줄도 알아야 한다. 비록 영혼을 담아 정성들여 빚 어낸 작품이더라도 말이다. 그것이 더 아름다운 작품 을 만들기 위한 길이 되어줄 수 있다.

계속 말했지만 나 역시 아가리다.

머릿속에 수십 가지 계획이 있지만 끝까지 실천하 는 것은 정작 얼마 없다. 이 책은 불행을 핑계로 아무 것도 하지 않으려는 나라는 아가리를 채찍질하려고 쓴 책이기도 하다. 이제 정신 차리고 열심히 살자고 말 이다.

그런데 이게 웬걸? 믿기 어렵게도 아가리들의 이야 기를 긍정적으로 평가한 출판사에서 계약하고 싶다는 연락이 왔다. 아직도 이게 꿈인가 싶기도 하다.

평생 글과는 거리를 유지하고 살아왔다. 성인이 되 고 나서 쓴 글이라곤 연애편지 몇 통이 전부였다. 그런 내가 책을 낼 줄은 조상님도 몰랐을 것이다. 이는 누 군가에겐 별 거 아닌 이벤트일지 모르겠다. 하지만, 내게는 인식을 전환하는 아주 큰 사건이었다. 그리고 마음속 근자감은 하늘 높은 줄 모르고 치솟는다.

'책도 썼는데 또 뭘 못하겠어? 알고 보니 뭐든 하면 되는 거였잖아?'

미래가 전혀 걱정되지 않는다면, 당연히 거짓말일 것이다. 나도 불확실한 앞날이 두렵기도 하다. 그렇다고 막연히 나중에 다 잘될 거라는 비합리적인 낙천주의에 빠진 것은 아니다. 대신 시간이 흘러 먼 훗날, 지금의 내가 망설이다 놓친 일들을 돌아보며 후회하고 싶지 않을 뿐이다.

과거의 내가 모여 지금의 나를 만든 것처럼, 미래의 나는 지금의 나로부터 만들어진다. 어쩌면 지금의 나는 무엇이든 될 수 있는 줄기세포 같은 존재일지도 모른다. 삶의 불확실성은 매 순간 존재한다. 이 불확실성은 사실 삶의 기회였다. 지금부터는 이 기회들을 놓치지 않을 것이다.

남들 시선에 맞춰 사는 우스꽝스러운 모습에서 벗어나려 한다. 나는 무엇이든 될 수 있는 무한한 잠재력을 가졌다. 주어진 하루를 악착같이 살아가자. 그러면 기회는 다시 찾아올 것이다.

나는 백수다. 그러나 나는 더 이상 아가리로 불평만 늘어놓지 않는다.

설령, 무엇인가 되기까지 엄청나게 오랜 시간이 걸린다고 해도 괜찮다.
나는 나를 믿는다.
그렇기에 두렵지 않다.

## ·· 이거 딱 개 얘긴데?

졸업한 지 몇 년이 지났는데도 취업하지 않은 친구가 있다. 친구가 걱정되어 시간이 날 때마다 구직 어플을 열어본다. 잡코리아.

그러다 괜찮아 보이는 일자리가 눈에 띄면 친구에게 공유해주고, 공채 일정이 나오면 캡쳐해서 보내줬다. 하지만 정작 친구는 천하태평이다.

이 일자리는 근무 지역이 마음에 안 들고, 저 일자리는 근무 시간이 너무 길고, 조건이 괜찮으면 준비가 아직 안 되었다는 말로 흘려버린다.

친구에게 작은 도움이라도 주고 싶었지만, 내 말은 한낱 잔소리였나 보다.

누군가를 바꾼다는 것은
애초에 불가능했던 것일지도 모르겠다.

돌이켜보면 누군가를 변화시킬 수 있다는 생각은 오만 그 자체였다. 나부터도 부모님의 잔소리가 듣기 싫어 방문을 걸어 잠그기 일쑤였으니깐.

하긴, 내가 말로 사람의 마음을 이리저리 조종할 수 있다면 어벤저스에서 날 스카우트했겠지.

문득, 어렸을 적 들었던 해님과 바람 이야기가 떠오른다. 세찬 바람도 나그네의 옷을 벗기지 못했듯, 백날 잔소리한들 친구를 움직일 수 없다. 해님의 따스한 볕이 필요하다.

모든 스토리에는 힘이 있다.

어릴 적, 해리포터를 보고 나서 너도나도 나뭇가지를 들고 '익스펙토 페트로눔!'을 외치고 다녔다. 또, 로맨스 영화를 본 날에는 마치 오늘 당장 운명의 상대를 만날 것만 같고 세상 모든 것이 아름답게 보였다.

불우 이웃 돕기 성금을 낼 때도 그렇다. 힘든 사람의 사연을 접하고 나면 어느샌가 주머니에서 지갑을 꺼내는 스스로를 발견할 수 있다. 실제로 수많은 설득의 기술에서 스토리텔링을 강조한다. 그만큼 스토리는 사람의 마음을 바꾸는 데 중요한 역할을 한다.

'말을 물가에 데려갈 수는 있어도 억지로 물을 먹일 수는 없다.'

종종 나는 소중한 사람들에게 내가 감명 깊게 읽었던 책을 선물한다. 어떤 사람은 그 책을 결국 라면 받침으로 쓸지도 모르겠다. 하지만 나는 책을 읽고 인생을 바꿀 수 있다는 이야기를 믿는 편이다.

이 책은 그런 것이다. 여러분과 다를 바 없는 평범한, 삼십 대에 이제 막 접어든 별 볼 일 없는 남자 3명의 스토리.

혹시 이 책을 읽으며 머릿속에 떠오르는, 도움을 주고 싶은 사람이 있는가? 나도, 그들도 십중팔구 일해라 절해라 백날 말해봐야 절대 바뀌지 않는다. 잔소리를 하는 대신, 우리의 스토리를 한번 선물해보자.

혹시 아는가?

우리 아가리들의 이야기가 누군가의 인생을 송두리째 바꿔놓을지.

지금까지 우리의 야매 실천력 비기에 대해서 소개했다. 이 비법서를 보며 공감하고 재밌었다고 느낀 독자가 많았으면 좋겠다.

'얼마나 성공한 사람들이기에 이런 책을 냈나?'라고 생각하는 독자도 분명 있을 것이다.

그래, 맞다. 여기까지 온 사람들은 이제 다 알 것이다. 우리는 아직 뭐 하나 이룬 게 없다.

우리도 하루하루 살아가는 게 벅찰 때도 많고, 머릿속은 고민으로 가득하다.

잘난 것 없는 우리다. 하지만 아가리들의 마음을 누구보다 잘 이해한다고 자부하기에, 앞서서 끌어줄 순 없어도 옆에서 같이 뛰려는 것이다.


멋지고 대단한 방법이 필요한 날이 있을지 모른다.

거창한 비법이 잘 맞는 사람도 있을 것이다.

우리가 소개한 비법은 지극히 평범한 사람이 쓰는 방법이다. 그래서 익숙한 부분도 많을 것이다.

그래도 당신에게 이 책이, 머릿속 저편에 어렴풋하게만 남겨뒀던 방법을 다시 떠올리는 계기가 되었다면 만족한다. 또 이 책을 읽고 나서 마음에 드는 다른 방법을 찾게 되었거나, 여러분만의 프리즘을 되찾게 되었다거나 혹은 당신만의 실천 방법을 찾을 영감을 얻게 되었다면 더할 나위 없이 기쁘다.

어떤 방법이든 어떤 길이든 이 책을 통해 여러분이 성취를 향해 한 발자국 더 다가갔다면, 우리는 그 사실만으로 정말 행복하다.

# 이제부터 시작될 당신의 이야기

각자 하고 싶은 얘기를 남겨보고자 한다.

## 한이

강원도 태백시 태백산에 검룡소라는 곳이 있다. 이곳은 한강 물줄기가 처음 시작되는 곳으로 대한민국의 젖줄이라고 불린다. 본류의 연장이 500km, 평균 폭이 1km가 넘는 한강의 발원지 모습은 어떠할까? 우리 겨레의 장강답게 발원지 또한 폭포수처럼 어마어마한 양의 암반수가 콸콸 쏟아져 나오는 장관일까? 아니다. 실제로 검룡소를 보면 한강이 맞나 싶을 정도로 작고 고요하다. 한강의 시작은 그렇다. 오랜 세월에 걸쳐 만들어진 물줄기를 따라 걷다 보면 수많은 바위가

깎인 흔적을 쉽게 찾아볼 수 있다. 인류가 등장하기 전부터 인고의 시간과 고통, 수많은 풍파를 겪으면서 오늘날 저 거대한 한강이 된 것이다.

　우리의 인생도 그러하다. 처음부터 기교하고 화려하게 시작하는 사람은 많지 않다. 모두가 시작은 빈약하지만 끊임없이 노력하고 발전하다 보면 한반도에 꼭 필요한 한강처럼 거대하고 웅장한 사람이 될 수 있다.

　검룡소를 다녀온 사람들이 공통적으로 하는 말이 있다. 그 작은 발원지에서 힘차고 거센 신령스러운 기운이 느껴진다는 것이다. 우리 또한 마찬가지로 특정한 분야에서 저마다 잠재력을 가지고 있다. 그 잠재력을 그대로 놔두기만 한다면 영원히 잠재력으로만 남게 될 것이다. 잠재력을 밖으로 꺼내서 현실에 적용시켜야 하며, 꺼내기 위해 다방면으로 노력해야 한다. 이 책이 당신이 인생을 살면서 하는 노력의 백만 분의 일만큼이라도 도움이 되었으면 좋겠다.

　책을 쓰면서 고통스러웠다. 작가 모두 다른 지역에 살고 바쁜 와중에도 없는 시간 쪼개가면서 만나 글을 써내려갔다. 모두 처음 도전해보는 분야라 제대로 된 방향도 몰랐고 속도도 나지 않았다. 정말 아무것도 없이 무에서 유를 창조해내야 하는 느낌이 들었다. 사막 한복판에 떨어져 2인 3각으로 결승선에 도달하란다. 주먹구구식으로 달렸더니 몸도 마음도 지쳐 고뇌에 빠지기 일쑤였다. 한 문장을 쓰는 데 한 시간이 걸린 적이 있고, 한 페이지, 한 단원 쓰는 데 하루 종일 의견을 주고받았던 적도 있다. 언성이 높아져 기분 상하고 다툰 적도 있지만, 우린 서로 틀어지지 않았다. 뚜렷한 공동의 목표가 있었기 때문이다. 오히려 그러한 의견 충돌들이 긍정적인 기폭제 역할을 해줬다.

무엇이 옳은 것인지 그른 것인지 따지고 따져보다 깨달은 게 있다. 결국 모두의 입맛에 맞는 책을 쓰는 건 불가능하다는 것이다. 그래서 우린 그냥 우리 식대로 쓰기로 했다. 우리가 생각하고 표현하는 게 정답이 될 수도 있다고 결론지었다. 이는 마찬가지로 모두가 어떠한 일을 할 때 적용할 수 있다. 이것저것 재지 말고, 눈치 보지 말고, 따지지 말고 심플하게 굳건한 마인드로 걸어 나가면 된다.

이 책이 목민심서가 될지 난중일기가 될지 라면 받침대가 될지 아무도 모른다. 독자들에게 어떠한 평가를 받을지, 팔리면 또 얼마나 팔릴지 앞으로의 일은 아무도 모르는 것이다. 이렇게 되든 저렇게 되든 그게 뭐가 중요한가? 성공과 실패의 여하를 떠나 내가 원하는 걸 이루고 싶었다. 남을 위해 쓴다고 썼지만 어느 순간 나를 위해 쓰고 있었다. 쓰면서 나 스스로 큰 성장을 이루기도 했다. 새로운 분야의 새로운 희망이 내 눈앞에 나타난 것이다.

앞에 했던 고통스러웠단 말은 취소다.
노력했다는 것 그 자체, 그 자체로 너무 행복했다.

### 목이

아! 다 썼다!
대한민국 대표 아가리인 내가 책을 쓰다니. 물론 내게 큰 변화가 생겨서 가능했던 일은 아니다. 지금 이 에필로그조차 데드라인에 쫓겨 휘갈기고 있으니까 말이다. 아가리 셋이 모여서 백지장을 맞들어가며 그래도 뭔가 해냈다. 새삼 친구와 동료의 존재가 얼마나 중요한지 깨닫는다.

친구들과 함께 지낸 지 이십 년이 넘어가지만, 이번 작업은 서로에 대해 새롭게 알게되는 점들도 있었고 여러모로 재밌는 일이었다. 노란 아스날 유니폼을 맞춰 입고 운동장을 뛰어다니던 우리였는데, 이제는 각자 다른 필드 위에 서 있다는 것도 새삼 느꼈다. 그리고 같은 시절 속 다른 생각들과 다른 일상 속 같은 고민들.

다양한 소재들이 있었지만 '실천'을 소재로 고른 것은 어쩌면 우리 셋 모두에게 가장 고민이자 또 하고싶은 얘기가 많은 주제였기 때문이었을 것이다. 각자 써온 초고를 돌려 읽을 때면, 행간에 묻어 있는 친구들이 가진 고민과 마주할 수 있었다. 그리고 글을 놓고 얘기하고 고치고 완성된 원고를 다시 읽는 과정. 모든 것이 내겐 위로와 치유의 시간으로 다가왔다. 이 책을 읽는 사람들도 역시 이 과정을 상상하며 재미를 느끼고 공감했다면 좋겠다.

누구나 생각하고 말하는 이야기들이다. 전국의 수많은 술자리에서 잡음처럼 흩어져버릴 만한 이야기들을 모아봤다. 마치 위스키를 만드는 장인의 심정으로 말이다. 한데 모아 담은 우리의 생각은 세월이 흘러감에 따라 숙성되면서, 매번 펼칠 때마다 우리에게 새로운 맛을 선사해줄 것이다.

## 창이

2021년 1월, 코스피는 3,150을 넘어 사상 최고치를 기록했다고 합니다. 그리고 서울 외곽의 아파트 매매가도 10억을 넘겼다는 기사를 보며 K-빈부 격차의 아래쪽 구간에 있는 스스로의 모습에 왜인지 모를 씁쓸함이 가시질 않습니다. 그런데 취업을 하려고 보니 기회의 구멍마저 너무나 좁아졌습니다. 취업이 되지 않아 졸업을 연기하고 대학원으로 진학하는 학생들이 늘어나고 있다는 기사에 저 역시도 괜히 씁쓸해집니다.

한 걸음 다가가면 열 걸음 멀어지는 목표에 더 많은 사람이 좌절감에 빠지겠지요. 저 역시도 아직 제대로 직장을 잡지 못한 백수이기에 미래에 대한 많은 걱정이 있었습니다. 게다가 주변에 잘나가는 친구들을 보며 상대적 박탈감과 부러움도 느꼈습니다. 하지만 그 끝은 결국 좌절과 우울이었습니다. 그리고 읽었던 수많은 힐링북은 잠깐 제 마음을 위로해주는 것 같았지만 제가 힐링북으로 스스로를 달랠 동안 열심히 노력한 주변 사람들과의 격차는 더욱 벌어졌습니다.

부모님의 걱정에도 막연히 열심히 하고 있다는 대답과 함께 이것저것 장황한 계획을 늘어놓았습니다. 하지만 막상 실천은 왜 이렇게 어렵던지요.

만약 현실에 만족하며 안분지족하는 삶을 살 수 있다면 참 좋겠습니다. 그러나 저는 사촌이 땅만 사도 배가 아픈 사람이더군요. 남 탓을 하면 제 마음은 잠깐 편해지지만 아무것도 바뀌지 않았습니다.

아가리로만 하는 것은 78억 지구촌 사람 모두가 전문가입니다. 하지만 아가리에서 탈출하고 직접 실천으로 옮길 수 있는 사람은 생각보다 많지 않다는 걸 깨달았습니다. 남들이 아가리로만 할 때 직접 발로 뛰다 보니 생각보다 많은 것들이 바뀌었습니다. 긍정적으로 변화하고 있는 제 모습을 보니 좌절과 우울에서 벗어나 자신감도 많이 커졌습니다. 결국 스스로를 위로 올리는 드라이브는 성취에서 상당 부분 나온다는 것을 깨닫고 이 책을 쓰게 됐습니다.

실천에 있어, 마음먹기는 굉장히 중요합니다. 하지만 우리 아가리들은 의지가 약하고 단련되지 않아 지구력도 약합니다. 그러니 부족한 의지를 습관으로 커버해줘야 합니다.

오늘부터 시작될 아가리 탈출을 위한 당신의 여정이 성공적으로 이어지기를 기원합니다.